阳光文库

中国诗歌田野调查

周瑟瑟 ——— 著

黄河出版传媒集团
阳光出版社

图书在版编目（CIP）数据

中国诗歌田野调查 / 周瑟瑟著. —— 银川：阳光出
版社, 2019.11
（阳光文库）
ISBN 978-7-5525-5150-1

Ⅰ. ①中… Ⅱ. ①周… Ⅲ. ①诗歌评论－中国－当代
Ⅳ. ①I207.22

中国版本图书馆CIP数据核字(2019)第264326号

中国诗歌田野调查   周瑟瑟 著

责任编辑   朱双云
封面设计   晨 皓
责任印制   岳建宁

黄河出版传媒集团 阳光出版社 出版发行

出 版 人   薛文斌
地   址   宁夏银川市北京东路139号出版大厦（750001）
网   址   http://www.ygchbs.com
网上书店   http://shop129132959.taobao.com
电子信箱   yangguangchubanshe@163.com
邮购电话   0951-5014139
经   销   全国新华书店
印刷装订   宁夏凤鸣彩印广告有限公司
印刷委托书号   （宁）0015741

开   本   720mm×980mm   1/16
印   张   15
字   数   180千字
版   次   2019年11月第1版
印   次   2019年11月第1次印刷
书   号   ISBN 978-7-5525-5150-1
定   价   45.00元

自序：时间与路径

　　我信奉通过诗歌写作本身来解决诗歌问题，如果不能通过写作解决的诗歌问题，那么理论批评以及与之相关的讨论更是徒劳，为了批评而批评不是诗人要做的事。所以，这些年我的发言都是因为诗歌写作，在写作的时候记录下我同时想到的问题，然后再投入到下一步的写作中，这样循环往复，写作在思考中往前推进，长此以往，日积月累，我电脑里就有了三四十万字的关于诗歌写作的随笔，或许更多。这些文字散落在各个时期我用过的电脑里，非常零乱，我从没想到要整理出版，一切都顺其自然，我知道果子会从枝头坠落，自然万物自有其运行规律。

　　有必要梳理一下近 15 年来我走过的路。2005 年，我发明了"卡丘"这个词（音译自英语文化 Culture），提出"消解当代生活"，那是早期的诗歌互联网论坛时代。2007 年，创办《卡丘》诗刊。2012 年，我提出"方言元诗歌"，以附加拼音注释的方式写了一系列故乡题材与我小时候生活的作品，结集为《卡丘—元诗歌》。2015 年，在安徽桃花潭国际诗歌节上，我发起成立了"中国诗人田野调查小组"，以"诗人田野调查"的类似于行脚僧乞食一样的方式走向荒野，还有点像 20 世纪三四十年代叶圣陶、郑振铎他们那一代知识分子的田野调查那样。我们重返历史与生活的现场，挖掘被遗忘的文明与传统，通过人类的元语言、元经验建构自我启蒙的新人文精神。在进行"诗人田野调查"的三年多时间里,边看边写,2017 年,我提出了"走向户外的写作",在湖南张家界学院的一次讲座中,谈到"走向户外的写作"时,我提出一个词——"游荡",李白、杜甫他们就是在大地上"游荡",从而获取新鲜的、陌生的诗歌经验。我把大地看成巨大的书桌,把田野看成可以睡觉的床,我的目的是打破旧有的诗歌语言,建立敞开的诗歌语言系统。2018 年 10 月,我到墨西哥参加第七届墨西哥城国际诗歌节,在墨西哥国立自治大学作了题为《从屈原到父亲,走向户外的写作》的演讲,谈到"中国当代诗歌文明"。2019 年 4 月,到贵州绥阳双河溶洞开展"中国诗人田野调查小组写作计划",我在手记"洞中写作"里提到"诗歌人类学",寻找关于时间、自然、生命、神秘、进化等未知的经验,建立在人类原居环境下的当代诗歌经验,这种经验被现代社会所遗忘,或者被传统文化掩埋掉了。我认为诗歌不只于文学意义上的诗歌,它同时成了人类学的一部分,诗歌构成了人的历史与现实。我们所实践的"诗人(诗歌)田野调查"并非通行的"采风",而是以口述实录、民谣采集、户外读诗、方言整理、问卷调查、影像拍摄、户外行走等"诗歌人类学"的方式进行"田野调查"与"有现场感的写作"。"诗歌人类学"是一种写作方法论,更是一种古老的诗歌精神的恢复。2019 年 8 月,在南岳开展"中国诗人田野调查南岳写作计划",我在活动册子的序言最后写道:从传统的现代性中获得自我启蒙。

以上是我近 15 年以来的时间与路径:2005 年"卡丘"—"消解当代生活";2012 年"方言元诗歌";2015 年"中国诗人田野调查小组",元语言、元经验—自我启蒙;2017 年"走向户外的写作";2018 年"中国当代诗歌文明";2019 年"诗歌人类学"。

我们已经在安徽宣城桃花潭、北京宋庄艺术村、湖南岳阳市江豚保护协会、湖南岳阳麻布村、湖南湘阴栗山、湖南洞庭湖斗米咀、墨西哥奇瓦瓦市、贵州绥阳十二背后亚洲第一长洞双河溶洞、南岳衡山等地进行过诗人田野调查与写作计划。

2016 年 3 月 26 日，在北京宋庄艺术村举办"中国诗人田野调查小组宋庄基地启动仪式"与"卡丘十年研讨会"时，我提出了诗人田野调查的五个原则。

第一，我们要像行脚僧乞食一样走向每一户人家，不要事先联系，更不要有任何准备，但要记录对方的反应、周围的环境与你内心的感受。与被调查者第一时间接触时的体验非常重要，要记住对方的表情变化、动作语言。尽可能不要放过每一个细节，哪怕被拒绝，这也是田野调查过程中正常的事情。我们自身的体验与感受是田野调查中最为重要的收获。

第二，注意用自身的感受去进入一个村庄（或空间）的地理环境、历史人文，而不必急于收集枯燥的数据。

第三，要有建立田野调查样本的意识，深入到原居民的起居室、厨房、仓库与后院，感受原居民的生活气息。

第四，通过一个个具体的村落（街道、空间）与原居民生活样本调查，获得当下生活的现场感与元经验，试图去回答"传统的现代性"这一命题。

第五，每一次田野调查都是一次未知的经验，我们不知道将会发生什么，不做任何的预设，只是回到生活元现场，通过这种方式进行自我启蒙。

《中国诗歌田野调查》是我第一本公开在国内出版的诗歌评论随笔集，这本书整理初稿时有三四十万字，最后以大约二十万字的篇幅出版。全书分为"中国诗歌田野调查""大河奔涌""现场对话"和"觅诗记"四辑，包括我近年组织开展"中国诗歌田野调查"的创作手记，编选《中国诗歌排行榜》的年度观察记，参与《特区文学》网络诗歌抽样读本的评论，以及多次参加拉丁美洲国际诗歌节的诗歌随笔。这些文字大多信手拈来，写得轻松自由，长的不过六七千字，短的四五百字，给南方广播电台写的韩东一首诗的导读只有177字。最近的一篇是给2019年第9期《诗歌月刊》写的《年轻的写作者在磨牙》。

置身于当代诗歌现场，我以"走向户外的写作"进行"诗歌人类学"的创作实践。本书是诗歌写作与诗人生活的一次综合呈现，是不断行动的诗学，力求以鲜活的第一手经验，贴近事物本质的思考，注重自身感受的现场写作来记录我的"田野调查"历程，是一部个人体验式的诗学批评随笔。

感谢黄河出版传媒集团阳光出版社，感谢湖南卫视频道声丁文山、湖南广电蒋玉、张倩芳，朗诵艺术家姬国胜，他们以专业的精神友情对本书部分篇章与诗歌进行配音诵读。他们的声音各有特色，为我的文字增加了声音的魅力。

2019 年 9 月 20 日于北京树下书房

目录/CONTENTS

第一辑·中国诗歌田野调查

★ 洞中写作·诗歌人类学 / 003

★ "一切都要亲身生活" / 007

★ 当代诗歌的历史感 / 009

  写作如黄土炒高粱 / 013

  救生艇、生死牌和孤岛写作 / 018

  活性的诗歌语言酒分子 / 020

★ 抽象诗：未知的密码，思维的黑洞 / 022

★ 中国诗歌现代化之路 / 027

  启蒙的幽灵在徘徊

    ——自我启蒙、田野调查与诗歌人类学 / 030

  中国诗歌田野调查问卷 / 035

第二辑·大河奔涌

  雾年读诗，2013 年中国诗歌概述

    ——《2013 年中国诗歌排行榜》编后记 / 041

重建中国诗歌新人文精神

——微信年代编诗札记 / 048

诗歌榜单，文本较量与寂静诗人

——《2015 年中国诗歌排行榜》编后记 / 057

2016 年中国诗歌：文本与语感

——《2016 年中国诗歌排行榜》编后记 / 077

大河奔涌

——《2017 年中国诗歌排行榜》编后记 / 088

走向户外，创造新的诗歌文明

——《2018 年中国诗歌排行榜》编后记 / 099

中国当代诗歌进入拉美时遇到什么？ / 104

踩着好诗人与坏诗人的人

——《中国好诗歌》序 / 109

请以自己的方式写作 / 115

诗是一只蟋蟀 / 120

把诗抱在怀里 / 122

★ 亲爱的孩子 / 124

★ 认识你自己 / 127

★ 我遇见一个天才 / 130

第三辑·现场对话

每一个诗人与艺术家都应该是一座孤岛 / 135

中国当代诗歌还有先锋吗？ / 141

诗的怀抱 / 145

诗人导演周瑟瑟访谈：我反抗没有理想的生活

——《玩手机》杂志记者夏阳微采访周瑟瑟 / 147

我喜欢寂静的状态 / 153

犀牛写作 / 162

栗山：我的精神体 / 165

"诗评媒"访谈："异相"是我写作的"标准" / 167

从诗人的脸看百年新诗 / 171

第四辑·觅诗记

★ 诗歌飞向未知的时间黑洞 / 175

★ 平静的写作者在磨牙 / 178

★ 自鲁迅以来所建立的人文启蒙精神 / 182

★ 诗硬骨 / 184

变异的技术文明"蛇毒" / 187

★ 母亲的样子 / 190

★ 诗人要有"猛禽杀"之心 / 192

★ 抒情诗的声效美学 / 198

★ 诗的音乐结构 / 202

★ "现实、象征与玄学的综合"的"深度抒情" / 205

★ 死亡如鲜花，鲜花复活死亡 / 207

★ 诗歌语言的宿命 / 209

★ 看不见的吸引读者的魔力 / 212

★ 诗歌的清洁精神 / 214

★ 大宇宙里藏着诗的小世界 / 216

★ 背负思想重量近在眼前之诗 / 218

★ 刚出炉烫伤你的脸部之诗 / 221

★ 喜不自禁，顿悟之境 / 225

★ 趣味的宫殿 / 229

（带 ★ 篇目为朗读篇目）

第一辑

中国诗歌田野调查

洞中写作·诗歌人类学

　　到贵州绥阳参加第三届"十二背后诗歌节"与"中国诗人田野调查小组写作计划"，我谈到当代诗歌如何穿越时间去创造未知的诗歌世界，当代诗人在一个平面上行走并没有多少意义，重复已有的当代诗歌经验不可能写出新的诗歌，那么新的经验在哪里？怎样才能获得新的经验呢？

　　我在进入亚洲第一长洞——双河溶洞时就对七亿年来洞中的生物产生了浓厚的兴趣。据科考发现，洞中有生物存在，那么它们是怎样生活的？法国洞穴探险家让·波塔西先生在双河溶洞探险有 30 多年，可惜我这次没有见到他，但与被称为哥伦布·陈的陈进先生有了初步的交谈，了解到不少情况，深为震惊。在路边我还看到了本地的洞穴探险家赵中国先生，但只是与他匆匆打了一声招呼。这些人身上有当代诗人所没有的探险精神。当代诗人身上悬挂的更多是一堆保险绳索，当代诗歌发展至此根本就没有了探险之心，有的只是安全的保险的诗歌观念与写作手法，稍有越轨就被质疑与嘲讽。所以，我烦透了保险的诗人与诗歌写作观念。

　　在这里我再次强调"走向户外的写作"，中国古代诗人就是这样写作的，李白、杜甫他们不断走向户外，直接把诗写到岩石上。从肉身到精神的解脱，就是"走向户外的写作"，从修辞的写作走向现场的写作，从想象的写作走向真实存在的写作，从书斋的写作走向生活敞开了的写作。我们要寻找活动的有生命创造性的语言，诗人是创造语言的人，没有语言的变化就是僵死的诗歌。我们往往习惯于守旧的写作，不愿走向户外，不敢脱离书本，走向户外意味着离开了现成的知识体系，因为户外是全新的、时刻在变化的体系。"十二背后"给我打开了一个陌生的世界，而陌生的经验正是当代诗歌所缺少的。寻找陌生的经验是"诗人田野调查"与"走向户外的写作"的目的，在"十二背后"找到了我所需要的、陌生的经验——关于时间、自然、生命、神秘、进化等未知的经验。

这也是我一直在思考的"诗歌人类学"的经验，建立在人类原居环境下的当代诗歌经验，这种经验被现代社会所遗忘，或者被传统文化掩埋掉了。诗歌不止于文学意义上的诗歌，它同时成了人类学的一部分，诗歌构成了人的历史与现实。我所实践的"诗人（诗歌）田野调查"并非通行的采风，而是以口述实录、民谣采集、户外读诗、方言整理、问卷调查、影像拍摄、户外行走等"诗歌人类学"的方式进行"田野调查"与"有现场感的写作"。"诗歌人类学"是一种写作方法论，更是一种对古老的诗歌精神的恢复。当代诗歌更多依赖于个体的感性，当然感性是最天然的经验。获得经验的方式有一条重要的途径就是走向户外，进入"诗歌人类学"的原生地带。

当第三天早晨，我们几位诗人与歌手在探洞教练的指导下，换上专业的探洞服，戴上头盔与头灯，背上水与面包，签下生死协议书，我们在十二背后客栈前合影，准备向十二背后的山王洞进发时，我有了野外探险的亢奋。据此前已经进过该洞的诗人花语委婉地说："你会热得很难受的。"我在那条长长的上山路上就感到身体的热气蒸腾。这个季节贵州山地潮湿多雨，当天还是晴天，气温上升得很快，还没有爬到洞口，我全身就被汗湿透了。进到洞口，凉风吹来，身体遇凉，我的眼镜片上蒙上了一层雾气，我看不清洞中路，大家有说有笑，我身体系统的冷热反应得到了自身的调节，很快我就适应了。我们首先发现了洞中的生物斑灶马，抓起它的触须拍照。走到一半时，教练提出就地休息，我们熄掉了头灯，坐在黑暗里倾听滴水声。

当我们走到洞穴的80%时，我提出要一个人在洞中静静。他们当然反对，教练说前面都是平路了，并且最神奇的钟乳石群全在最后的洞穴里，但我依然坚持留下来，并不是我的体力问题，虽然我身上还在冒汗，但我相信身体系统可以随时调节好。我想在洞中写诗，这种想法我没有与众人说。他们走后，我调整了呼吸，周围一片寂静，只有滴水的回声，宇宙仿佛全在这个洞中。我独享黑暗的洞穴世界，巨大的洞穴像母亲的子宫，我并没有任何恐惧，相反觉得很亲切。突然的黑暗唤醒了我童年的洞穴经验，我想起了小时候的洞穴经历。我家老屋后面有一个洞，那是冬天储存红薯种与土豆种的被我们称之为"防空洞"的黄土洞，我常与哥哥在洞中躲藏，甚至我有一个人躲藏在里面睡着了的时候，醒来后我吓得哭着叫妈妈。于是我在手机上写下了这首诗。

洞中写作

留下我一人

你们先走

在贵州山王洞

我们走到了地心深处

我要进行洞中写作计划

在黑暗中写作是我由来已久的愿望

我熄灭掉额头的探灯

黑暗让我想起了母亲的子宫

我看不见亲人但我在母亲的子宫里

听到了地心的心跳

我摸到了黑暗的血

潮湿冰凉像岩石缓缓旋转

我听到了我的呼息像滴水渗出

洞如天锅笼罩着我

我坐在洞中拿出手机写下这首诗

微弱的亮光照亮了我的脸与手指

我写下的每一个字像洞中生物

它们在黑暗里生活了几亿年

它们不认识人类

不知道光是何物

我写完这首诗后

忍不住嗷嗷呼叫

洞中回声如雷鸣

死去两年的母亲

她紧紧抱住了我

以此为记。感谢"十二背后诗歌节"发起人梅尔,感谢十二背后探险家哥伦布·陈。感谢高妍、穆昌美、花语等众多诗人与艺术家、歌手们的支持和参与。"中国诗人田野调查小组写作计划"还将在具有"诗歌人类学"的原生地带开展,欢迎朋友们提供线索与我们不曾有过的经验。

2019 年 4 月 19 日于北京树下书房

"一切都要亲身生活"

太湖风平浪静，我想写它的历史。这次来太湖，我被太湖边的枇杷吸引住了。我总觉得枇杷可能还是别的东西，太湖对于我来说有很多不确定性，正如里尔克所说"一切都要亲身生活"。

晚上的"我是这样写诗的"长桌讨论会，我最后略为谈到"诗歌人类学"，大致说到"诗在改变我"，而我要改变诗需要生活的改变，如果不经历父母的离世，我不会改变我的写作，包括我的书画。生活并不确定，生活是未知的，诗当然也是未知的。我现阶段的写作在为后面铺路，一环套一环，一浪推一浪，父母的死推着我往前走了一步，正如太湖的形成由古代暴雨、大海消亡等环节事件推动。

23首即兴写下的诗并非乱写，每首诗都来得自然而然，但事后再读像预言，它们早就存在于我脑子里，只是要等我走近太湖，它们才出来显身。写作的奥秘在于"一切都要亲身生活"。"走向户外的写作"就是"一切都要亲身生活"的写作。

席间隔着圆桌听到周菊坤先生说："古代并没有旅游的说法，行万里路、读万卷书是古人的生活方式。"在东山启园与他谈诗，他写了水草，我也写水草。我重提车前子的观点："诗不是发现，诗是发明。"我们在非逻辑与反常规中比较不同写作的结果，周菊坤先生的现场写作再次说明了"一切都要亲身生活"。

太湖国际诗会，由车前子召集，我第一次参加，认识了画家秋一，他在"我是这样写诗的"长桌讨论会上脱掉上衣，谈了"我是这样生活的"。我以诗记下了他的生活。车前子与秋一在一起玩了很多年，他们对生活的态度就是对诗歌、艺术的态度，苏州人走出园子就是太湖，园子与太湖构成了他们的精神世界，与我走出洞庭湖，只能再回到洞庭湖不一样，回到北京我脑子还停留在"园子与太湖""发现与发明"之间。

"诗歌人类学"是"一切都要亲身生活"的诗学。

2019 年 4 月 30 日于北京树下书房

当代诗歌的历史感

在怀化胡桃里酒吧，郑愁予先生朗诵他一首关于屈原的长诗片断时，我改变了青少年时期阅读他的《错误》时留下的印象。他的解构式的晚年写作，完全是思辨的批判的诗学态度，抒情、意象都还在，但写作的放松与自由，只有人到晚年才彻底显现。

接着我们到凤凰古城。郑先生到沈从文故居寻找老友的记忆，第二天恰好是沈先生31周年忌日。我们在他墓地山坡对面的万寿宫谈论"诗的叙事与小说的诗意"，屈金星提出的话题很贴近此情此景。郑先生在讲述时，我以两首短诗记下。

沈从文

明天是沈先生31周年忌日

他睡在沱江山坡上

我们在他对面的咖啡馆里

谈论他与他妻子

他家远在美国的竹子

生出了无数的竹子

今天下午每一个字

都是对死者的祭祀

在座的每一个人

都看到了自己的那一天

凤凰午睡

一只蜜蜂在耳边叫醒我

我侧身看到万寿宫朱砂的门墙

绿树丛中我仿佛看到沈从文

憋得通红的脸额

我在凤凰午睡

他在凤凰长睡不起

但我们谁也没有见过

这里的凤凰

我甚至没有见过他

　　这次在"海峡两岸楚辞之旅"中，我惊讶郑愁予先生身上的"历史感"。这种"历史感"在当代诗人身上很少见，在其他高龄诗人身上也并不多见。在从凤凰古城回怀化的车上，我谈到我对他的感受，他向我回忆台湾某些诗人写作观念转变的过程，让我想到诗歌潮流100年来滚滚向前，写作观念的进步对每一代诗人都是那么重要。

　　今天在怀化学院，郑愁予先生讲道"诗的交流是人道的，是未来的"，这个观点与我早晨和好友的争论相印证。我们在进行诗的交流时，往往是不人道的，甚至是反人道的，是没有未来意识的。我同样以诗记下。

浪游的鱼

男低音写作者

一条浪游的鱼

浪游的姿势

献给渔猎者

愁献给

撞向母亲的战马

他说诗的交流是人道的

更是未来的

消失的是时间

是大自然的流逝

一个人的容颜

鱼一样冷静凝固

一个人的一生

鱼一样自由无常

感谢天赐给水

水赐给我们今天的相见

郑先生还谈到他对时间的敏感，认为"愁"是诗本身的感情。面对时间的消失，大自然就是时间，而思维是人生存的基本能量。有学生问他诗歌的秘诀，他认为诗歌没有秘诀，他说自己是男低音写作者，低调的写作者，不是诗坛上的人物。他写生活的体验，一个抗战时的儿童，内战时的少年，一生抱着无常观，写诗是与生俱来的事情。

怀化学院的潘桂林教授向我提问，让我谈"元诗简语诗歌""走向户外的写作"，我粗略谈了一个大概。会后我问她在忙什么，她说在做巫傩文化研究，我告诉她这是我来怀化最想接触的，是我所思考的"诗歌人类学"的内容。

当代诗人的历史感、无常观，屈原楚辞文明，一条沅江，一条汨罗江，是我去年年底在《中国诗歌排行榜》年选后记中提出的"当代诗歌新的文明"的一条线索。因我明天要去山西，无法与大家一起去我的故乡汨罗、岳阳，就此别过郑愁予、绿蒂先生、王婷女士一行。谢谢锦绣五溪康仕金先生以及屈金星兄于洪英老师。

2019 年 5 月 10 日于回京高铁上

写作如黄土炒高粱

　　我们在长治市潞城郊外的枣树林下读诗，读的是我的老友晋柳的诗。突然狂风大作，下起了一阵雨。我与他们有十多年没见，与北琪是24年没见，所以我赶来了。晋柳以本名袁振华出了一本诗集《几匹失散的马》，我们从没有失散，我们的写作有互动与呼应。不管是晋柳、北琪还是黑骏马，我们从青春年少时就在一个群体里写作，现在依然是。

　　《几匹失散的马》是晋柳近年的新作结集，他越写越有感觉，越写越自我。晋柳外表壮实憨厚，内心却绵软如针。他的写作如黄土炒高粱，经过了柴火猛烧，铁锅烧得通红，语言与意象突然就炸裂了。再把高粱与黑豆混合倒入铁锅，沙沙沙，双手在铁锅里翻动。诗歌写作需要不为人知的土办法，晋柳的诗并不土，其写作来源于个体的燃烧热量，他保持了内心的热度。《几匹失散的马》在诗歌经典化的路上奔跑，我听到了他挺进的马蹄声。狂风大作之时我记下了唐晋兄的几句发言，大意是：要建立自我的传统，不要迷失自我，要绝对的自我，才能区别于众人；要有陌生化的阅读经验，方可让你有多维的写作，才能保持住你的独立性。我深有同感。

　　我的发言在现场或许是激烈的，但并没有批评老兄弟们的意思。老兄弟们生活不易，写作更不易。今日在他们的故乡一见，分外亲热。北琪喝醉了斜靠在我肩上时，让我想起24年前我们就是这样靠在一起睡着了。他的头发也白了不少，黑骏马与晋柳依然乌发油亮，当年的少年一转眼人到中年。当我走进北琪出生的羌城村时，我爱上了他的村庄。羌族人在东汉永初年间就迁往了潞城北部。他年迈的母亲带着年幼的侄儿坚持住在老屋里。这是一座有气场的院子，院门、院墙有明清年代遗留下的石雕与神龛，神龛里的菩萨还坐在里面。北琪的母亲气色不错，天下所有兄弟的母亲都是那样亲切，我看到她就像看到我的母亲，内心涌起一股暖流。当天我还见到了晋柳的母亲，她母亲是当地一位名医，还在坐诊。晋柳的生活无后顾之忧，写作起来就更加轻松欢快。

这次山西之行，日程安排上有点紧张，第三天他们一早把我送到了吕梁市汾阳贾家庄，贾樟柯发起的"吕梁文学季"9日就开始了，欧阳江河是本次活动的文学总监。我看到媒体发布的活动内容是安排我12日到黄河边碛口朗诵，但我无法赶到。13日下午听了苏童在贾樟柯艺术中心露天广场上的演讲。出生于20世纪60年代初的作家身上的气息我还是比较熟悉的，因为我的大哥就是像他们这样的男人。苏童所讲述的少年生活我并不陌生，乡村的文学感受在我身上一直很重。这次来的作家中，叶兆言、石一枫好像并无过多的乡村经验。苏童、莫言、格非、谷禾，还有梁鸿、尹学芸、葛水平、黄灯等几位女作家当然都是乡村写作的高手。

吃饭时贾樟柯向我与苏童谈起他中学毕业后直接跑到山西省作协大院敲开了田东照的家门，田老师热情接待他，看他的小说，后来通知他参加文学讲习班的往事。田老师人虽然不在了，贾樟柯还记得当年的情形，经过当事人之口说出来让人好不感慨。一个文学少年走上电影之路，再回到故乡汾阳贾家庄写作，贾樟柯的文学情结决定了他是一个什么样的人——一个始终带着少年微笑，与他的电影精神内在统一的人。

"吕梁文学季"一环套一环，志愿者团队很专业，欧阳江河的助理张世维这段时间一直与我保持联系，每一环节都有安排与询问，虽然我来迟了，但依然把我安排在当天的"朗读故事会"环节。

我到的当天贾樟柯公司的郑薇负责我的行程，并且还有一位吕梁师范的学生志愿者张岳祎，她们认真地陪同与讲解。贾樟柯在故乡干的事给了我很大的启示，他干得太漂亮了。

值得一提的是在朗读环节，我听到了于坚新写的诗《孔子》。可能是电脑投影显示的问题，诗行连在了一起，于坚越读越有意思，他读了很多首，他故意在某些地方使用了云南话，听起来更有感觉。我问他要电子版，他说还没发出来之前先不对外。

在贾家庄我待了两天又被未曾见面的30多年的老友蒲苇接到了吕梁市里。我与蒲苇是在20世纪90年代初通信结交的文学少年兄弟，他消失了很多年，近年才联系上。他在吕梁成立的传媒公司是山西省两家国家级广告公司之一。短短两天时间，蒲苇居然在吕梁的大街上布置了许多我来吕梁讲座的大幅户外广告，楼顶上也是，这是我从未见过的阵势。少年的友情纯洁饱满如新月，蒲苇朴实仁厚的为人让他在此地人脉极好。

在吕梁影剧院为孩子们举办的讲座，两层的大礼堂坐满了近千人。黄河情传媒的安艳芳是本地作家，她事先给我联系安排了吕梁市离石区教育科技局与西崖底小学冯全英校长，让我来给孩子们上一堂诗歌启蒙课。对于给孩子上诗歌课，我是有兴趣的。我认为中国的诗歌教育存在偏差，现代诗的教育在中小学与大学阶段都是缺失的。

吕梁市离石区教育科技局与西崖底小学让我大吃一惊，现场的学生对于诗歌的感悟能力非同小可。200 多个学生，居然有 100 多个学生现场写诗，争先恐后要上台来朗诵给我听。我在北京一些学校讲过诗歌课，但并没有出现这样踊跃的场面，并且吕梁孩子们现场写的诗，想象奇特，有的还很有深度，孩子们一下子就跟上了我的引导。

幻 想

吕梁市西崖底小学五（2）班　高欣瑞

我望着天空
想着自己的往事
我坐着
坐着，慢慢地坐着
便成了我的幻想
我对世界充满了好奇
世界却不慌不忙
对我诉说

这首诗经过高欣瑞同学现场的朗诵，童声的效果打动了我。没错，孩子就是诗本身，只要有人来引导，告诉他们写诗的方法，他们就可以写出诗。

15 日上午结束在吕梁影剧院给孩子们上的启蒙课，下午在吕梁学院中文系的讲座上我重点谈了"犀牛写作与诗歌人类学"。吕梁学院中文系坚持 10 多年举办文学大赛，我看了近两年的诗歌获奖作品，在题材与写法上也让我一惊，没想到吕梁还有这样的作品存在。

在吕梁学院的讲座让我有了一个意外的收获，我听到了吕梁民歌学会会长、本地民歌歌手刘桂连地道的吕梁民歌。她的声音在阶梯教室响起时，我知道"诗歌人类学"并不是孤立的，在那个现场它与吕梁民歌之间有了内在的呼应。

16日下午我要回京，上午我们来到吕梁市残疾人职业技能学校。学校董事长高民是一位画家，他邀请我给残疾孩子讲诗歌，我还是第一次。面对残疾孩子，看着他们各种身体状况，我内心是酸楚复杂的，尤其是与他们拥抱、握手时，我感到残疾孩子比健康的孩子更需要大人与他们之间建立一种更加亲近的关系。这些孩子正在长大，我从他们的笑容或沉默的表情里看到了弱者的无助，所幸吕梁500个残疾孩子有了高民兄与这些年轻的老师。

谢谢山西的朋友们，让我的山西之行留下了25首诗。

2019 年 5 月 17 日于北京树下书房

救生艇、生死牌和孤岛写作

　　1993 年冬天我来过东营，我去找黄河入海口的朋友，我在他家住了一晚。26 年后我再次来到东营，恍若隔世。带着写作的欲望，我观察这里的每一个细节，我发现接待我们的山东姑娘格外纤细瘦弱，笑起来眯着眼睛，就像我与老友王桂林的笑一样。这次来的诗人都有大海的胸怀，没有谁看不起谁的写作，所以这是一次愉快的写作之旅。

　　让我颇感意外的是海洋钻井公司的人都喜爱文学艺术，他们在海上作业，对诗歌充满了向往，或许受老友王桂林的影响，他们都有超越职业的文学艺术素养。

　　我们对海上钻井平台一日体验活动都很好奇。第二天早晨我穿上红色工装，顿时有了海上钻井工人与众不同的鲜亮的感觉。经过严格的安全培训后，我们上了一条运输船，要到 20 海里外的钻井平台上去。一路上海鸥追着我们在天空翻飞，海上风平浪静。一个多小时的航程很快就过去了，我们来到了新胜利 5 号钻井平台下。从上面放下了缆绳与红色吊笼，我们要站在吊笼上升到 147 米高的钻井平台上去，对于有恐高症或胆小的人来说，这将是危险而刺激的体验。正是危险与刺激，才吸引我们奔赴渤海。其实事后想起来并不危险，只要内心平静，外面的任何风吹浪打都不是什么事。当吊笼吊起我们的那一刻，我们每一个人或多或少会害怕，但所有的害怕被集体的热情掩盖了。

上了钻井平台，我发现我的名字出现在船舷边一块告示栏上，所有上了钻井平台的人的名字都在上面。我被告知如果遇到紧急情况，逃生时要拿走属于我的那块生死牌。两只黄色的救生艇挂在钻井平台外侧，我试探着进去，但放弃了。里面有水与食物，如果遇到危险时可以在里面生活十多天。

我们在新胜利5号钻井平台内部参观，它的复杂与神秘让我们惊叹不已。在海上座谈时我谈到：当代诗歌来到大海上，来到海上147米高的钻井平台，我们该如何处理这样孤悬的陌生化的经验。前一次在山西长治时我找到了和运煤卡车、武庙与文庙相遇时的诗歌处理方式，那么坐在孤悬于大海上的钻井平台上时，我诗歌的写作出现了眩晕，大海停止之处有我所不知的奥秘。我体验到大海与人类共同在钻井平台上的生活，近距离接触到海洋钻井科技工作者这一个了不起的群体，他们在孤独中专注于海上钻井并不容易，他们承受着常人无法想象的艰辛。我想海上的诗歌应有相应的表达，语言与节奏必定是危险而刺激的，不能在保险的写作中浪费了大海的恩赐。

每一个诗人与艺术家都应该是一座孤岛。事实上只有成为一座孤岛，才会有写作的价值与意义。只有在孤岛上的大量的写作才会有价值与意义。只有孤岛才有孤岛效应，在孤岛四周才会有流动的海洋。我们终其一生，无非是要在大海里保持孤岛的状态，写作与艺术的创造在海面之上，孤岛孤悬于大海中，众人到达孤岛时，你要逃离，你要到大海深处去建立新的孤岛。

从渤海回到北京，我还在回味吊在大海上高高的钻井平台时的刺激与惊险。人类的孤独只有在茫茫大海上才有价值，只有成为一座孤岛，我才会感受到写作的意义。

2019年6月19日于北京树下书房

活性的诗歌语言酒分子

放松的语言状态，是针对紧张的语言状态而言的。听了泉城诗歌节古贝春专场的诗歌，我发现放松的语言状态并不常有，一种新的紧张的语言状态潜伏在诗里。我不是指诗的气氛，而是指诗的语言被新的锁链捆住了。不论我们如何自信，新的程式化语言产生了，但我们还一无所知。所以在"古贝春诗歌夜谈"中我提到，我们有没有突破诗的边界的意识？我们是否陷入了新的语言惰性？语言应该是运动的活性的分子，就像酒分子在酒厂无所不在一样，但我们把语言的酒分子锁在了我们新的诗歌标准里了，在我们的心里埋下了一个新的诗歌语言的僵尸。

艺术家、诗人铁心与德州本地诗人冈居木，顾今，格式等人组织了泉城诗歌节古贝春专场。他们的写作我大多了解，但还想更多地了解他们的写作状态，果然我看到了他们自由、机智与深刻的写作。两天一夜的时间安排得舒缓有度，看了古贝春的历史，他们对历史档案的建立与呈现让我想到拉美的博物馆，古贝春在有意识地做历史与人的记录与保存者，让我看到了一个老酒的生命力与创造力。现场写作依然是这些诗人的强项，大家写了很多，读了很多，谈得也很投入，我再次提到了如何有意识地加大写作量，如何把个人的写作视作"诗歌人类学"的一部分，从而有意识地去创造新的当代诗歌文明。

诗的生命力到底在哪里？应该就体现在对待诗的语言的态度与能力上。或许我们的语言能力暂时还极为有限，但我们必须有创造诗歌语言生命力的意识，否则我们将会陷入新的语言传统中不能自拔。

　　我们已经在如饥似渴地处理当代，当代在我们的诗里得到了及时有效的处理。当然历史同时在处理中，没有历史，当代就不存在。向前看与向后看并存，才是完整的"诗歌人类学"的写作。

　　睡在古贝春酒厂，睡梦里都闻着酒香。顾今说酒厂的人不会感冒，我闻着酒香写下了8首酒诗。酒分子飘荡在空气里，人在其中仿佛也成了酒分子的一部分。记得在"古贝春诗歌夜谈"中，诗人寒玉说，诗歌改变了他的三观，他要把自己写进去，再把自己写出来，他认为诗歌是一种活着的状态。我深为赞同。"活着的状态"就是诗的生命力所在。

　　对于我谈到的"诗歌人类学"，诗人冈居木回应说，你的手疼过才能体会到他的手的疼痛，"诗歌人类学"就是人的生命的体验。

　　我提议泉城诗歌节，以后可以有当代艺术介入。铁心是当代艺术家，在当代艺术与当代诗歌之间他是一个现成的媒介，但在诗歌节上没有看到他创作的影像材料观念作品，有点遗憾。山东诗人厚德，诗人格式浑身都是幽默的语言酒分子，他不断引得大家哈哈大笑。他们太开心了，格式笑起来像雷声滚滚，大脑袋闪烁。山东人的性格就是诗的性格——真实、自由、独立的性格，轻松随意中有深刻的顿悟，有直截了当的思考。

2019年6月24日于北京树下书房

抽象诗：未知的密码，思维的黑洞

在我的印象中，这是许德民的抽象诗的第三次浪潮。第一次出现时，我并不知道。第二次时我看到了，我在《特区文学》上写了一篇小文，这次想翻出来重读但没找到。记得我在文中说他是诗歌的毕加索，他给当代诗歌抽了一记响亮的耳光。那文发出来了，有诗人说该给许德民抽一记耳光。这是第三次，我来到复旦大学参加抽象诗的专场活动。今天来谈抽象诗，具有特别的意义。中国还有许德民这样的诗人？他创造了人类语言的原始诗歌文明。当然他也不完全是孤独的。车前子说诗是发明。抽象诗就是诗的发明。仓颉造字，德民造诗。他是一个有趣的有创造力的艺术家。他向诗歌里扔进了一颗炸弹。对于我们来说，抽象诗是一个难题，也是一个神秘的存在。

我是事后才知道抽象诗刚刚出来时，不少先锋诗人与艺术家为它叫好，正面给出肯定。我读了后觉得他们都比我高明，我只能从自身的写作与认识来看抽象诗。

我们的生活有很多不确定的、未知的东西，我没有想到今天在这里见到乔伊斯的《芬尼根的守灵夜》的译者戴从容。我觉得她不是现在的这个她，有一个神秘的译者在一个我找不到的地方研究"乔学"。现在我看对面的吴亮，觉得是杨炼坐在那里，同样蓬松的长发与微笑，但他就是吴亮。还有许德民与郑洁的女儿，她今天出现在现场，而我脑子里浮现出一个婴儿，因为我在复旦诗歌收藏馆拍了她小时候的照片，一个婴儿突然成了一个少女，很神秘。我后面坐着的速记女孩，我觉得她是过去战争年代某个军事会议上的机要人员。速记这个类似处理密码的工作，对于我来说也是神秘的、不可知的。我们的生活空间充满了太多神秘的、未知的、不确定的东西，所以我认为许德民的抽象诗与抽象艺术的出现，在某种程度上是对人类在婴儿时期的原初直觉的再现，它给我所提的"诗歌人类学"带来了某些方面的新启示。

1987 年唐晓渡、王家新编选过《中国当代实验诗选》，时隔 32 年，再也不见有人说"实验诗"了。大家不提了，也就是说中国当代诗歌不必"实验"了，"实验"被视为没有必要存在的写作。现在的写作是怎样的呢？主要是标准化写作、经典化写作，大家把这样的写作看作是有效的写作。而实验的写作被视为无效的写作。什么是有效的写作呢？按照目前的情形来看，无非是诗人与读者们喜欢的、刊物与评委们认可的那一类写作。诗人们在从事适合发表与大众阅读共鸣的有效写作，而除此之外的写作被认定为非法的无效写作，这就是中国当代诗歌的现状。

许德民的抽象诗这些年来保持强劲的"实验精神"，它相对于当前的标准化写作、经典化写作肯定是非法的无效写作。很多人会说那是非诗，是对诗歌的反对和冒犯。这样的反对和冒犯，这样的非法的无效写作，恰恰是许德民的抽象诗的价值与意义，恰恰是习惯了有效写作的当代诗歌需要反思自身的一个切口。

许德民的写作可以划分为两个阶段，复旦《海星星》时期的常规写作和后来的抽象写作。看他这两个阶段的写作，当然是抽象写作更有意义，更具启蒙价值与未来性。我们大多数人只能在常规写作里了此终生，很难有非常规的写作。所以说，许德民无疑是一个开创性的诗人、艺术家，他创立了中国的抽象诗与抽象艺术，他从常规诗人与常规艺术家的群体里逃离出来，他创造了一种新的诗歌与新的艺术——在我们的诗歌史上不存在的诗歌。至于有多少人反对或赞同都不重要，重要的是它的价值与意义。

许德民的抽象诗是再造一种诗，当然不叫诗就可以避免很多无意义的争论，因为我们的诗歌观念与现实处境就是这个样子，我们的诗歌肯定是无法容纳下它的。当然许德民既然这样干了，你就不必在意是否留在传统诗歌这个文体里，你创造了属于你的诗歌艺术。复旦大学杨乃乔教授刚才说叫"汉字视觉艺术"更准确，吴亮、杨卫、沙克发言时也认为以当代艺术来对待抽象诗更好。许德民本人说抽象诗就是诗。

他对古诗进行改造，从而去建立新的语义——从来没有出现过的语义。古诗变成了他的写作材料，他改变了原来的写作方式，他重新启动了汉字，给汉字新的功能。在当代艺术领域，他对汉字的处理，艺术家们能够接受；在当代诗歌领域，他这样处理就很难接受了。他使用了古诗，或者日常用语，他扮演一个汉字的巫师，颠覆了原有的语义，重新给予汉字新的意义。抽象诗需要一种新的进入方式，我通过反复阅读或者说辨认，发现了抽象诗的字与字之间存在的神秘的联系，抽象诗是一个思维的密码，并且是一个不可解的密码。宇宙存在时间的黑洞，为什么人类就不可再现语言的黑洞呢？所以谈论抽象诗，不要在现有的诗歌范畴里来谈，因为它的创造本来就突破了诗的范畴。许德民把它命名为抽象诗，作为一种语言实验充满了游戏式的趣味与意想不到的惊喜。我读这样的作品，能够体会到它生成的奇迹般的意义，但又无法破解。这样的结果或许正是许德民所要的，正是抽象诗给未知世界最明确的解释。

许德民这样的诗人与艺术家，是为人类社会未知的东西而存在的。他告诉你的是未知的密码与思维的黑洞，这就是他的抽象诗的价值与意义。许德民的实验在当代诗歌更远的或之外的地方。

今天早晨我写了一首诗。

抽象的

早晨起来是抽象的

白色浴缸是抽象的

浴缸里的人体是抽象的

人体上的汗毛是抽象的

水龙头是抽象的

水龙头咬在嘴里是抽象的

坐在马桶上是抽象的

卫生纸一圈一圈缠绕是抽象的

进入电梯是抽象的

电梯向下滑动是抽象的

餐厅是抽象的

袒胸露乳的中年妇女是抽象的

上海是抽象的

皮肤上潮湿的空气是抽象的

肩周炎是抽象的

开幕式是抽象的

玻璃柜里的打印诗集是抽象的

35 年前是抽象的

35 年后谈论抽象的是抽象的

在一个具象的世界

抽象填满了这首诗的黑洞

2019 年 6 月 29 日于复旦大学图书馆

"抽天开象——许德民抽象诗研讨会"

中国诗歌现代化之路

2019 年 7 月 4 日至 6 日,"第三届中国当代诗歌临港理论研讨会"在上海临港召开,上海社科院的诗人瑞箫去年就邀请我,今年得以成行。我与北京诗人、汉语诗歌资料馆创办人世中人一起赴会。一路上,世中人与我讲述他这些年收藏全国诗歌民刊、采访拍摄诗歌民刊历史当事人的故事,那些消失的往事被他重新打捞记录。世中人是个朴素、务实的人,诗歌民刊历史档案在他那里得以保存,尤其是 20 世纪 70 年代、80 年代的诗歌民间史,他梳理得很清晰。离开的那一天,他提早到市里与从荷兰来的汉学家柯雷会面,他们都是中国诗歌田野调查的自觉的行动者。

"第三届中国当代诗歌临港理论研讨会"在临港当代美术馆举办。瑞箫与她临港的朋友们带着当代艺术的思路策划,现场呈现的是当代艺术的氛围,这是与其他诗歌活动的不同之处。我与汪剑钊在会前匆匆看了正在展出的"国际视域与中国方式:2019 上海当代艺术展",虽然没有见到参展艺术家,但他们的作品就在眼前,其中王韦予的影像观念作品《脱臼》很特别,与我正在发生的肩周炎相呼应。人的偶然与荒诞,黑色幽默,好玩,当代艺术与当代诗歌处于同一展厅,形成了一个相互影响与渗透的气场。

第一次见到瑞箫,她像一个年轻的女战士。第一次见到吕进,他像一个昂着头的老战士，他80多岁了，身体硬朗，记忆力很好，我对他说我听他的演讲想到了重庆袍哥的味道。树才一年没见了，在临港的夜晚听他聊小时候的故事，他风趣幽默。回京的高铁上我写了一首诗。

海边的孩子

海边的孩子

有天生的优雅

他用一筐带鱼换来一筐萝卜

晚饭我们吃一盘带鱼

就像吃他那一筐萝卜

奉化的山村靠近大海

他背着一筐萝卜

走向大海

带鱼飘过少年的生活

他跟着带鱼离开了故乡

如今我们回到南方

听他讲述往事

灰发里的海浪

带鱼漂亮的游动

临港在东海靠近杭州湾的地方，这座新城由德国人参与设计，是一座海绵新城，我写了一首短诗。

海　绵

到临港洗肺

人人是一块海绵

吸收天上的雨

芦苇消瘦

退到了东海边

芦苇是一根绿色的海绵

我的呼吸

通过它时更顺利

最后一天我们看了东海，上了滴水湖上的小岛，意外地碰到了国家帆船队的教练，他们正在那里举行青运会全国帆船锦标赛（诺卡拉级），我们全程观看了比赛。男女各一人在帆船上顺着风前行，这是一项力与美的运动。

诗歌学术研讨，在我这里还是诗歌写作的问题。我在发言时谈到，诗歌理论研讨的问题我要通过写作来解决。

"中国诗歌现代化之路"，这是一个沉重的话题，它如此宏大，又如此微小。宏大到与中国的现代化同步，微小到与我们每个诗人的心灵相关，与我们的写作息息相关。你在诗歌现代化的路上走了多远？你是不是处在诗歌现代化的进程中？这关系到你是一个怎样的诗人。

2019 年 7 月 7 日于北京树下书房

启蒙的幽灵在徘徊

——自我启蒙、田野调查与诗歌人类学

启蒙的幽灵在中国大地徘徊。

16 世纪明代末期，启蒙思想萌芽，泰州学派发起的"天理即人欲"的思潮极具现代性，反对"存天理、灭人欲"封建专制礼教，主张人性解放。但清军入关后，汤显祖、袁宏道倡导的人性解放的唯情主义在文字狱面前终止，这是中国现代性第一次启蒙的失败，思想启蒙失败后留下了一批悲伤的诗歌。

在晚明悲伤的诗歌中，我们看到了中国诗歌的现代性诉求，诗歌收拾启蒙残局，诗歌照见时代人心，诗歌里有启蒙的乌托邦。

诗歌与正史不同，诗里有人的情感。明清之际的诗文被禁毁，加上战争与流亡，保存下来的实属不易。诗歌在任何时代虽然脱不了附庸风雅与权贵的一面，但在少数诗人心里诗歌即自我信仰，自我信仰中即有自我启蒙。所以，我要说诗歌即自我启蒙。

生员陈邦彦在崇祯煤山自缢后赴南京途中写下了三十多首诗，后集为《南草集》。"福祸非所谋"，历史的命运交给历史，但悲伤的诗学由此开启了一条漫长的河流，我们都在这条河流上写诗。不可能不受到诗歌史中的悲伤的影响。绝命诗如果从屈原算起，到南明达到了高潮。

弘光元年六月十五日，刘宗周在吃饭时听到鲁王政权崩溃，推案

恸哭，开始绝食，前后共二十天，期间曾只喝两次粥，绝食七天后写下大量悲伤的诗歌。

绝命诗是一个关乎诗人气节、价值观、情感纠结、时代困境与现实出路的以命为代价的诗歌体系。屈原抱石沉江，李白踩月而去，朱湘归于河流，王国维走向湖底，海子虽然在岸上，但绝命于时代疯狂的火车与冰凉的铁轨，而飞身赴死的也有一个长队：昌耀、徐迟、马雁、余虹、小招、许立志、陈超……个人与时代的命运不堪回首，绝命的诗人纵身一跃时溅起的血光照见了时代乌黑的脸，任何时代的思想启蒙都会留下诗歌的痕迹，诗人从来没有在启蒙中缺席。

在一个新旧文明交替的国家，诗歌作为文明的形态之一，从明末启蒙思想的萌芽，到晚清知识分子启蒙被压制，再到新文化启蒙思想的建设，这一路给我们造成一个启蒙还是有巨大的精神遗产的错觉。最近一次是 20 世纪 80 年代的人文启蒙，但那并不是一次完整的启蒙，半途而废。几代人在科学、民主、理性的漫漫长路上艰难启蒙，而诗歌诚实地介入了启蒙运动。

任何时代的启蒙都在诗歌中有历史性的投影，谓之为"朦胧诗"的一代诗人，以北岛为首的诗歌启蒙其实只是延续了"五四"启蒙的传统，所以逃不脱启蒙时代街头演讲式的急骤消失的命运，甚至与明末士人绝命的诗学有相同的精神境遇。向死而生的诗歌在我们的诗歌史中从来都被赞美与敬仰，当然以命启蒙本是英雄的诗学，但不是后现代社会的主要特征。尊重绝命的诗学，并不以反传统精神为代价，而是以反封建父系专制思想，实现诗歌理想乌托邦为目标。

诗歌史是永远向前的，向后看是一种批判性态度，回头是尊重历史，抬举前辈，但我们终究要找到自我启蒙的姿态，找到我们骨子里启蒙的狼性，以及诗歌撞击强硬时代所产生的柔软的线条感、语言动作上的抓痕力度、个体精神表达上的血珠渗透的革命性，这就是我们作为一个时代的诗人所找到的自我启蒙的姿态。

现代诗对历史的反省也是对自我的启蒙，而不是对他人进行训导式的反启蒙。将个体生命在进入后现代社会时所遭遇的精神困境以现代性方式重构，这是启蒙的责任。

同时我们要分清楚谁是真正的启蒙者，谁是反启蒙者。在失败的启蒙中我们可以轻易发现被号称启蒙者的恰恰在做反启蒙的事情，我们的写作被号称现代性写作，但往往却是封建意识下的封建性写作。这需要我们刮骨疗伤，此刻谁头脑"糊涂"，谁就有可能进行的是一场走向反启蒙的写作，与现代性越来越远，甚至以绝命的诗学、悲伤的诗学收场，落得一个诗歌史中的美名。历史的恶性循环以反启蒙为荣，多少士人与诗人葬身于反启蒙的汪洋大海，还自以为获得了真理。什么是悲哀？这就是悲哀。美名的悲哀。

这让我想起20世纪80年代的《走向未来》丛书序言中有过这样的话："思想的闪电，一旦照进人们荒芜的心田，必将迸发出无穷的力量。"上一代人理想主义的启蒙对于今天多元与复杂的现实来说依然值得反思。现在我提出重建诗歌现代性启蒙精神，是在一个十字路口的再出发。我始终认为，诗的技术不是我们写作的问题，技术很好解决，西方诗歌的技术我们都过了一遍。实践证明技术性的超越对于我们来说并不难，但诗歌现代性思想启蒙要被历史证明太难了，尤其是要对自我进行现代性启蒙。

启蒙也可理解为一种方法论，在通往启蒙的路上，要有一种求异的独立写作精神，而不是求同的妥协。在这个丰富多元的时代，求异是当代诗人最基本的本能。

启蒙精神对于当代诗歌从来没有这样被漠视。我提出要重建诗歌现代性启蒙精神，这种启蒙具体指向了诗歌的精神源头与诗歌写作的元语言、元体验。从历史与当代经验里挖掘诗歌的源头，从而找到属于我们每个时代的"元诗"。从当下往回找，找到精神的源头，越过现代性困境，直面传统与现代的冲突，重建诗歌现代性启蒙精神。

重建中国诗歌现代性启蒙精神是对一种新的诗歌乌托邦与现代性难题的梳理与总结。自晚清以来，中国知识分子在文化启蒙上做出的努力对于当代中国依然有伟大的意义。具体到个人的精神路径：把对我们自身的反思变成重建当代精神生活的一部分。从晚清到"五四"，再到当下，中国知识分子在现代性面前徘徊，一边是害怕，一边是向往，害怕传统成为现代性中国的绊脚石，同时又向往西方文明的理想模式，正是因为既向往又害怕，导致我们常常陷入困境。

困境即诗歌的命运，所以启蒙，尤其是自我启蒙，是我们走向现代性的唯一途径。

具体的方法是将"诗人田野调查"与"走向户外的写作"结合起来，中国古代诗人就是这样写作的，李白、杜甫他们不断走向户外，从庙堂走向荒野，直接把诗写到岩石上、墙壁上，他们的被流传下来的诗歌都是这样写作的结果。从肉身到精神的解脱，就是"走向户外的写作"，从修辞的写作走向现场的写作，从想象的写作走向真实存在的写作，从书斋的写作走向生活敞开了的写作。我们要寻找活动的、有生命创造性的语言，诗人是创造语言的人，没有语言的变化就是僵死的诗歌。我们往往习惯于守旧的写作，不愿走向户外，不敢脱离书本，走向户外意味着离开了现成的知识体系，因为户外是全新的时刻在变化的体系。户外给我打开了一个陌生的世界，而陌生的经验正是当代诗歌所缺少的，寻找陌生的经验是"诗人田野调查"与"走向户外的写作"的目的。在户外找到我所需要的陌生的经验——关于时间、自然、生命、神秘、进化等未知的经验。

　　这是我一直在思考的"诗歌人类学"的经验，建立在人类原居环境下的当代诗歌经验。这种经验被现代社会遗忘，或者被传统文化掩埋掉了。诗歌不止于文学意义上的诗歌，它同时成了人类学的一部分，诗歌构成了人的历史与现实。我所实践的"诗人（诗歌）田野调查"并非通行的"采风"，而是以口述实录、民谣采集、户外读诗、方言整理、问卷调查、影像拍摄、户外行走等"诗歌人类学"的方式进行"田野调查"与"有现场感的写作"。"诗歌人类学"是一种写作方法论，更是一种古老的诗歌精神的恢复。当代诗歌更多依赖于个体的感性，当然感性是最天然的经验，获得经验的方式有一条重要的途径就是走向户外，进入"诗歌人类学"的原生地带。

中国诗歌田野调查问卷

(通用版，根据调查地点可添加或减少问题)

2015 年 9 月 25 日第一版，周瑟瑟执笔

调查人：

视频拍摄人：

图片拍摄人：

文字整理者：

时间：

地点：

一、历史传统

1. 记录一个人的祖宗（父亲、祖父、曾祖，以及高祖、天祖、烈祖、太祖、远祖、鼻祖等）的姓名与历史。你能否说出你的祖宗的姓名与出生年代？收集整理祖宗们的资料与照片等。（中国人对本族一脉上下或亲戚关系称谓有严格的规定，依据中国《汉语大辞典》、东汉的《尔雅·释亲》和《春秋公羊传·庄公四年》等史书记载，可确定中国人本族内"上下九辈"的称呼。）

2. 调查一个人与家族的宗祠在哪里。试着去了解宗祠是在何年消

失的？如果重建了是在何年？一般多长时间，什么时候才有家族事务活动或祭祀祖先？收集祠堂的建筑、楹联、出资者情况与祭祀活动图片等。

3. 你家是否有家谱、家训、族规？如果有，请拍摄目录、封面，如果能提供影印或复印件最好。

4. 能否试着说出你的村史或镇史？尽可能收集（拍照）本地的界碑、路碑或其代表本地历史的物件等。

5. 进入一个陌生的宗祠，客观记录你所看到的，客观记录对你印象最深的与触动你的东西，客观记录与宗祠主人的对话。

6. 你的家族留下过多少账本、土地证书、计划生育证、出生证、毕业证、身份证、结婚证等证件，以及民间契约、合同、日记、家族的老照片等？请拍照。

7. 请为即将消失的故乡村落或旧宅子拍一张照片。

二、地理交通

1. 记录你与你父母的出生地的历史概况，提供村落地图、宗祠地理位置图等。

2. 调查当地的交通（水路、陆路）及地理状况，试着对该地域城乡现代性变化的过程进行描述。

3. 调查该地古道的历史，搜集整理该地古道的历史图片与文献资料。

4. 你所在的村落或城镇何时开始有了现代化的道路？给当地经济文化带来了哪些具体的影响？

5. 调查每天通往外地的汽车、火车、航班等情况。

6. 你生活环境中的一口池塘、一座山、一座桥、一个老建筑是什么样子？

三、方言母语

1. 你从何时开始放弃方言而使用别的语言说话？（方言是语言的变

体，方言分地域方言和社会方言，地域方言是语言因地域方面的差别而形成的变体，社会方言是同一地域的社会成员因为所在职业、阶层、年龄、性别、文化教养等方面的社会差异而形成的不同的社会变体。）

2. 你使用得最多的方言有哪些？

3. 在什么情况下你会使用方言？是否还用方言写作或交谈？描述你在非本地公共空间使用方言的反应（被嘲笑、模仿或反感等）。

4. 你与你的方言之间是否存在隐秘的依存关系？你如何在作为母语的方言与普通话之间进行语言平衡与转换？

5. 回到出生地或与父母、亲戚朋友、故乡同学之间，你使用普通话还是方言？

6. 你的下一代能否说出或听懂你的方言？他们对你讲方言的态度如何？

7. 你的哪些方言曾经进入过文学、戏曲等艺术形式，或被现代汉语改造与运用？

8. 记下本地最恶俗的骂人的话与它的演变史。

四、民谣诗词

1. 回忆并记录你小时候听到的民谣，记得多少你的亲人曾经给你唱过的民谣？

2. 当地能写对联、古诗词的有多少人？节庆或红白喜事主要由什么人写对联、祭文、冥文等？年轻人是否会写对联、祭文、冥文等？

3. 当地传唱的民谣、戏曲还有哪些，以何种方式传播？

4. 当地新旧体诗社团群体发展与活动情况如何？收集他们的出版物。

5. 当地有多少人读诗或对诗歌感兴趣？

五、手工艺

当地的理发店、铁匠铺、榨油作坊、豆腐坊、裁缝铺、木器店、首饰店、钟表维修店、屠坊、酿酒作坊等传统手工艺还有多少家？其传承、从业与经营状况及发展如何？请分门别类记录。

六、物产流通

1. 你小时候的老味道、特色食品还保持有多少？谁还能做出老味道？是否失传或传承？

2. 本地杂货店的经营品种、收入、从业者状况。

3. 本地物产主要通过何种途径与渠道流通与贩卖？

七、人口习俗

1. 当地的长寿老人的生活状况，人口出生与死亡情况。

2. 日常生活中一般会阅读什么书籍？调查家庭成员受教育的状况。

3. 记下本地的饮食、服饰、节庆婚丧与生活习俗。

4. 本地的外地人与本地人的分布、职业及人口流动状况。

八、互动读诗

1. 给调查地写一首诗，并赠送给他们，记录他们的反应。

2. 在不做任何准备的情形下给当地人读诗，并记录他们的反应。

3. 调查地给你的诗歌写作带来了哪些写作素材与精神启蒙？

4. 你是否愿意留下来生活？

5. 你对调查地的基本结论，或本次田野调查的体悟有哪些？

大河奔涌

雾年读诗，2013 年中国诗歌概述

——《2013 年中国诗歌排行榜》编后记

雾年读诗，心境是复杂的。

2013 年是一个雾年。在小时候，雾是美的，我时常陷入对刚上学那会儿的回忆。清晨我背着布书包，穿过山林，松针上的雨水滴在脸上清凉又酥痒。浓雾绵延好几里，鸟鸣从乳白色的雾里浮起，这情境现在还让我陶醉。

陷入雾年与陶醉在童年回忆里，都必须脱身而出，读诗与写诗成了我的必修功课。

对于 2013 年中国诗歌，我想有一个层面值得重视，即诗歌生成和传播的方式及变化。如果能从不同的角度来客观呈现这种方式与变化，就抓住了当下诗歌的七寸了，即从微博、博客、诗人微信、QQ 诗群、诗歌网站、网刊、综合文学期刊、诗歌期刊、诗歌民刊、诗歌同仁刊物、年度出版诗集、年度诗歌奖项、年度诗人推荐、年度诗歌主题活动、年度逝去诗人、年度小说家的诗、重要诗人个案的突破等多视角来看 2013 年中国诗歌就比较全面了，且能直接把当下诗歌的真实面貌反映出来。

一个诗人一年的写作量其实也有限，但中国诗人的队伍庞大，加在一起，诗歌的产量却是惊人的。我在与邱华栋合作编选《2013 年中国诗歌排行榜》一书的一周时间里，我大约读了 450 位作者的稿件，按每人平均 3 首计，约有 1300 首。在较短的时间里集中通读，速度不会太慢，以我多年阅读的经验，基本上一眼看下去，好诗差诗，不出几分钟。

在这个看似疯狂的阅读过程中，我面对的是各式各样的诗歌，各式各样的作者。他们有的非常老道，是在诗歌江湖上摸爬滚打十多年的高手，作品干净利落，像一道闪电擦过我的眼睛，这样的高手出手必定漂亮。但有的诗人如果保持惯性写作，则难出奇诗，我称之为诗人的杰作。要选其年度好诗不难，首首均可，百分制的话可打 80 分，但要过 90 分就没有了，这样的诗人占了大多数，只能选其稍许亮点的作品了。通过有的诗人发来的作品，我可以看出这一年来其写作非常不负责任，写得很一般，甚至有下降的趋势，问题出在哪里，是不是长期写作的疲惫感？中年写作的无力感？一个中年写作者如果丧失了斗志，陷入一种享受型的写作，享受过去已经陈旧的表达习惯，连词语、意象都还在重复，那就完蛋了。

我愿意读到充满生机与创造活力的新作，我说我需要你的新作，但一些诗人发来的是旧式的作品，没有新写法也就罢了，但一个诗人丧失了对诗歌写作的敏感性，就变成了一把钝器。四平八稳的作品我们见得太多了，每年发在各式官方刊物，其实现在也不只是在官方刊物了，包括民刊与同仁刊物都有大量这样丧失了创造性的作品。

基于以上两种写作状况的出现，我更渴望读到具有原创性的作品。原创性本是诗歌的一个基本属性，可到现在却变成了奢望。《2013 年中国诗歌排行榜》一书收到的作品，至少有一半是发表在各地刊物上的，而这类作品除了极少数有那么一点原创性，大部分在迎合编辑们多年养成的审美口味。有的诗人发了那么多，就是挑不出一首有原创性的，可能是编辑们"吃"着舒服，做这道菜的人也做得不费劲。在我看来，没有任何"毛病"的诗正是有一身的"毛病"，为了迎合大多数人对诗的审美口味而写出来的诗，看一首就够了，何必写出那么多呢？有几个人写就够了，何必一帮人都那样写呢？我读这成千上万首诗，发现正是由他们这些作品、经由他们之手在筑建一个"诗歌标准"。"诗歌标准"在我看来本不存在，如果存在这样日积月累的"诗歌标准"，那诗歌就真成了"标准"化产品了，与工业流水线上生产出来的有什么差别？

2013 年夏天，在马莉的新诗集读者交流会上，我谈到 20 世纪八九十年代的诗歌精神何时能回来，那种爆发力，那种原创活力，沉睡了，消失了。我甚至渴望那种对诗歌文本的粗暴的创造力能够重现，现在有的诗人变得太精致了，像养在清水里的一株水仙，他们的诗也长得好看极了。

当然，世界总是在变化，诗歌的进步从没停止，少数有创造力的诗人一直在向前猛冲。

2013 年度诗歌最大的变化有哪些？我认为可以归纳为以下几个方面。

一、九〇后诗人小兽般疯狂来袭

九〇后小诗人的出场比八〇后诗人更让人期待。《2013 年中国诗歌排行榜》一书中入选的九〇后诗人，个个具有原创性，作品有了直接表达生活的激情，这种激情在我们这些被称为"前辈"的多数诗人中快磨得差不多了。关键是他们似乎更懂得诗是什么，诗该如何写，这点让人欣喜。

二、已经算老诗人的少数人又开始写诗

一些"老诗人"又开始写诗，并且写得比原来还要好，有吕贵品、岛子、许德民、杨政等人。他们当年都是写出过好诗的人，现在到了做爷爷的年龄了，但诗歌写作力惊人，2013年有了一个小爆发。吕贵品在新浪微博上发诗算勤快的，作品出手也狠。岛子则在他的新浪博客上发表诗，首首过硬，是人到老年的精神性写作，意象更加坚硬，节奏感加强了。许德民2013年出版了一本诗集《抽象诗》，他的这批诗太有意思了。杨政的诗保持了对语言的个人化探索，鲜活，节奏感很强，属于当下中国诗歌中难得一见的原创性写作。他的传统在哪里，并不难找，但他的写作告诉诗坛——好的诗歌不多，但还在诗人的原创里。要读杨政的诗只能到微信里了，他与诗坛关系不大，属于诗歌个人化最强的独行侠。

三、微博上不断涌现出有原创活力的诗人

微博上有原创活力的诗人的出现，与当年的诗歌网络论坛诗人的出现有相似之处，与20世纪八九十年代泥沙俱下式的写作也有相似之处。我不做过多比较，没意义，只看作品。一个叫@性13的人在新浪微博上即时写作，透过表面的喧哗，我看了她一部分诗，语言直接大胆，有类似美国"自白派"的美学倾向，这样的原创性写作，我们应该尊重。

四、诗歌活动更鲜活

2013年的诗歌活动从大而空中有了变化，像伊沙的"长安诗歌节"，深圳剧协诗人从容女士牵头策划的、霍俊明等人参与主持的"第一朗读者"，谭克修策划的"湖广诗会"，吕叶策划的"湘诗会"，大头鸭鸭策划的"诗98"潜江诗会等，都脱离了大而空的传统，有了更鲜活的现场感。诗歌活动也有了从北往南迁的趋势。

五、诗人推荐更加火热

伊沙的"新世纪诗典"推出了不少新人，还出版了《新世纪诗典》第一季，书卖得也不错。海啸的"挑灯夜读"，以网络媒体为主，李少君的"中国好诗歌"也结集出版了。

六、诗歌民刊与诗歌同仁刊物数量有所增加

长沙与西宁同时出版了名为《诗品》的诗刊，长沙金迪的《诗品》出了三期，发了杨炼、翟永明的新作。《诗建设》《汉诗》《读诗》《当代诗人》《天津诗人》《中国诗人》《明天》都保持固定的出版频率，形成了一个不同于民刊、官刊的由出版社正式出版的同仁刊物。2013年度，阿翔、蒋志武等人制作了民刊《诗南方》，木朵制作了民刊《元知》，杨黎制作了民刊《橡皮》等，民刊、同仁出版诗刊或书籍，在2013年保持有增无减的势头。

七、诗歌奖项有所增加

2013年度新增的诗歌奖项有由北京文艺网举办的国际华文诗歌奖，杨炼、秦晓宇、杨小滨等人参与组织，把网络底层诗人与国外诗人请到了一起，推出了草树、冲动的钻石等人。还有由长沙诗人李荣组织的当代新现实主义诗歌奖，奖给玉上烟与草树，出版一部个人诗集。由《十月》杂志的谷禾组织的袁可嘉诗歌奖，颁给了陈先发、王家新与李笠。诗人金迪创办了首届金迪诗歌奖，在长沙举行了盛大的诗歌颁奖活动，将共计60万元奖金颁给了林雪、胡弦、谷禾等十多位诗人。

八、诗集出版质量与水平较高

诗集出版有了速度，我没有统计2013年出版了多少种诗集。长江文艺出版社诗歌出版中心的诗人沉河负责推出的诗集应有上百种，并且诗的质量与出版的水平都较高，其中《俞心樵诗选》卖得很好。作家出版社于2013年11月推出了一套《标准诗丛》，收录了欧阳江河、西川、多多、于坚等人的诗歌。由楚尘策划的《新陆诗丛》推出了中国卷与外国卷各六种，反响都不错。同时，小出版也暗流涌动，世中

人的北京汉诗馆独立出版、周琦的不是出版基金、阿翔的木火车书吧工作室、刘春的扬子鳄书坊等。我看到《葵诗丛》等个人诗集都是在孔夫子网与淘宝网上卖，属于按需出版，这是一种趋势。

九、诗歌微信悄然兴起

由中国诗歌流派网的创办人韩庆成推出的"诗歌周刊"与"诗日历"微信，做得最专业，并且有一个编辑团队在做。他注重九〇后新诗人与在历史上产生过重大影响的老诗人，这两波人成了他重点推出的诗人。另外，北青传媒副总裁段钢主持的"以语文报名义"微信群集结了当年的一帮青少年诗人，他们现在人到中年，开始从"失踪"的状态通过微信发诗了。我读到了段钢、寒玉、叶宁、王垒、罗广才等人的短诗，马萧萧、师永刚等人的组诗，景旭峰的长诗，让人欣喜。还有中影集团的诗人伐柯主持的《边缘》诗刊微信群，把当年大学生诗人重新集合在一起，像王强、郭力家、郭长虹、陈朝华、韩国强、施茂盛等人，都拿出了新作。

十、小说家们也在偷偷写诗

小说家写诗算副业，但蒋一谈的诗有了新气象，他把小说的情节与对话带入诗里，够有原创力了。不要以为他只是把小说写成了诗，他是一个有想法的写作人。诗人应从中有所启示，诗也可以那样写，不要以为诗就是你写的这个样子。诗人赵原今年在微博上也推出了他的"小说诗"，很有意思。瓦当、钟二毛、华秋、马叙、马拉、陈应松、叶开、林白的诗也值得一读。除此之外，还有一些小说家在写诗，诗让小说家们手作痒，那就来写吧。

十一、2013 年度诗人的伤感

2013 年，先后有雷抒雁、牛汉、东荡子、王乙宴、韩作荣逝世，生命走到了尽头，但诗歌还在继续。2013 年还是顾城、谢烨离世 20

周年,《今天》做了一个纪念专辑,唐晓渡等人接受了媒体访谈。但2013年躺在医院病床上的诗人梁小斌,因无医保而让人痛心,马莉为此在新浪微博上拍卖了她的一幅画,将15万元打到了小斌的募集账号上。伤感中还是有了一丝欣慰,我不知诗人算不算世上孤独的人,但此时我感受到了诗歌的温暖。

写了这么多,窗外的天空飘起了洁白的云,这是2013年在北京难得一见的奇妙天空。我把2013年称作雾年,中国人有雾中看花、雾中行走的传统,但雾年读诗,我却读出了这么多感慨,在这篇文字的最后我希望明年的雾少些。今天天空中的一朵一朵白云,像90后诗歌青年,他们应该是快乐的。

2013年12月28日于北京树下书房

重建中国诗歌新人文精神

——微信年代编诗札记

一年一度的年选又开始编选了,《2013 年中国诗歌排行榜》出来后,受到了一些诗人与读者较为积极的评价,并且出乎意料的是发行情况不错。这是主编邱华栋与我,以及出版社编辑们共同努力的结果,令人欣慰。正面肯定的人认为:2013 年选本开了大面积从微博、微信、QQ 群上选诗的年度选本先例,并且从编选体例上直接呈现出中国现代诗的"新媒介"生成特性。当然,也有不尽如人意之处,因容量有限与时间匆忙,个别重要诗人有所遗漏,几个著名诗人私下或公开表示收录诗篇太少,并且将他们与无名作者混为一体,不好,"中国有那么多诗人吗?"相反的意见是"这个选本打破了门户之见,以作品质量论英雄",这才好。

说心里话,我只要看到诗写得有特点、不模仿别人、文本成熟的生活在普通阶层的作者,我就顿生好感,愿意多收录他们的作品甚过知名诗人,这或许就是这个选本的"平民意识"吧。正因如此,才引起一些在"诗歌江湖"上混的人的不满,"凭什么收录了某某的诗,没有收录我的?"这里面有诗人之间厮混产生的是非恩怨,谁也看不惯对方的为人与作品,也有审美上的差异,更有诗歌写作标准的好坏之分,这可以归于诗学问题,但更多的是诗人鸡毛蒜皮的个人小事占了上风,从而认定"不能收录这样的诗人的,应该收录我这样的诗人的"。

我不管这些小肚鸡肠，我只是如期完成一个选本的初选工作，因为后面还有主编邱华栋与责编的工作。年选年年有，全国各个版本加起来有十多种了，各有编选风格，各有侧重。我们这个选本最重要的是坚持了"平民意识"，注意不是"民间性"，因为在我眼里"民间性"正在消失，至少经过了几十年时间，现代诗已经不是"在哪里"的问题，而是有新的诗学问题暴露了。

在此我提出重建中国诗歌新人文精神，但显然通过一个选本是不能完全呈现我的想法的，我只是企图给出一个脉络或走向。

大家或许都感受到了，十月的最后一天，死亡的哀伤笼罩在了中国诗人的心里，这个时代最优秀的诗人与诗歌理论家之一陈超先生于10月30日晚跳楼而去，丧报从早晨微信的雾霾里扩散，压抑得让人喘不过气来。

我与邱华栋通过微信语音谈到20世纪90年代在武汉受陈超先生《中国探索诗鉴赏辞典》的启蒙，编选了一部1300多页的大书《世界华文诗人诗歌鉴赏大辞典》。青春已逝，先生已逝，我从书架上抽出那本书，书皮已经起泡了，拍照，上传到朋友圈。那晚我停止写作，心情灰暗。

诗人海啸在微信中问我去不去石家庄参加陈超先生的告别仪式，我想还是不去了，今年我个人也经历了家父逝世，实在不愿面对那最后的告别场面。

死亡那只乌鸦一直在我们头顶盘旋。

去年也是这个时候，我写那篇在网上引起反响的《雾年读诗》编后记时，最后列了一年内去世的诗人名单，心里想一年还剩两个月，不要再有诗人离开我们了，但还是在年底有韩作荣等诗人走了。今年我开笔写此文时有点提心吊胆，一夜之间真的又传来陈超先生悲伤的消息。

今年先是有诗人卧夫兄于5月8日在怀柔山中绝食离开了我们，卧夫与我们经常在一起，他选择了残忍又干净的方式走了，给我们留下了长时间的悲痛。接着是九〇后打工诗人许立志，他于10月1日在深圳坠楼身亡。然后是10月16日，女诗人李晓旭（网名竹露滴清响）因骨肉瘤病逝。今天，陈超先生却选择了从高楼跳下。世界晕眩，诗歌这一自足的生命载体突然在一连串的死亡事件之后有了沉重的下坠感。

诗歌的"下坠感"是个体生命的结束让我产生的一种神秘的感受。

重建诗歌的"新人文精神"，首先要重建我们对生命与死亡所包含的人文精神的敬畏，对20世纪80年代人文启蒙精神的敬畏，对20世纪90年代逐步建立起来的诗歌先锋精神的敬畏——但这些基本的人文精神被我们毁坏得差不多了，在我们内心还有多少残存的碎片？

在以毁坏为乐的当下，他们的离世才会有更多的悲凉。我们不能简单认定，诗人之死仅仅是对生命的主动或被动放弃，除此之外，或许还存在更为隐秘的失望与向往。

在一个微信时代，庸常化信息突然大面积爆发，诗人置身其中，享受技术文明主导下的庸常生活。"微信生活"正在构成一种新的文化势力，快速分裂与消解20世纪90年代建立起来的诗歌"先锋精神"——那正是以陈超先生为代表的一代诗人与批评家所建立起来的"诗歌精神"，如今基本上荡然无存了，剩下的只是以微信为背景的雾霾式的模糊诗歌现实了。

在中国现代文学馆举办的周亚平的诗歌研讨会上，我曾谈到周亚平诗歌的"先锋精神"，印象中翟永明等人发言时对当下再谈"先锋精神"持悲观的态度。其实大家都觉得诗歌的"先锋精神"或那个先锋的时代离我们远去了，而我看到周亚平诗歌中的先锋精神勃发时还是掩饰不住内心的兴奋。

经过持续 20 多年的技术与生活的双重颠覆，人文精神在启蒙之初给中国文学、诗歌与艺术挖下的精神掩体被迅速填平，裸露出我们日渐肥胖、虚弱的体质，写作表面的狂欢与光滑，丝毫也掩盖不了我们内在的贫乏与惊慌。

我们在时代巨大的工地上像个苦役一样劳作，背上自我捆绑的诗歌使命与负担，在尘土飞扬的空气里写下自以为是的作品，这样的写作剔除掉盲目的乐观，剩下的只有真实的汗水与血泪。因为我们是在一个缺失人文精神的战场上操练汉语诗歌。

面对先于我们离世的诗人，我们除了悲痛与怀念，最应看到的是他们生命与死亡里那道微暗的光亮，那正是他们留给人世的诗歌之光——他们留下的作品以及作品里强大的诉求——给我们生者带来的新的启示。但每次，很羞愧，我们都是在死亡降临之后才发现诗人生命之诗的光亮，追忆又显得是多么的无力，但绝不多余。

编选这部年选时，我重新与这样的作品久久对视。

卧夫的《最后一分钟》："我没等完最后一分钟 / 就把门锁上了 / ……今后，我想把阴影省着点用 / 我想把灯关了，我扮成鬼 / 对死人说一些风凉话……"

许立志的《我弥留之际》："我想再看一眼大海 / 目睹我半生的泪水有多汪洋 // 我想再爬一爬高高的山头 / 试着把丢失的灵魂喊回来……"

李晓旭的《勾魂》："他们像花瓣一样 / 躺在七月里 // 鸡鸣三声 / 音讯全无 // 亏你们七日后还记得乳名 / 恍若雷电后便谣言四起……"

陈超的《沉哀》："太阳照耀着好人也照耀着坏人 / 太阳照耀着热情的人 / 也照耀着信心尽失的人 / 那奋争的人和超然的人 / 睿智者、木讷的人和成功人士 / 太阳如斯祷祝 / 也照在失败者和穷人身上 // 今天，我从吊唁厅 / 推出英年早逝的友人 / 从吊唁厅到火化室大约十步 / 太阳最后照耀着他，一分钟"

这是在 2014 年 10 月 31 日前离开人世的四位诗人留下的作品，我用了一天一晚编选他们的作品。从他们生前写下的诗里虽然只各选了一首，我选择的是他们带有强烈生死象征意味的作品，相信读者能从中感受到那种神秘的力量——超越了生死的诗歌的力量。

从逝者的作品里我们感受到了诗歌在沉重下坠的速度，我意识到当下诗人肉体的消失与新人文精神的重建都是我们要面对的难题。

他们分别出生于 20 世纪 90 年代、70 年代、60 年与 50 年代，就像一条生命的大河奔腾向前，他们拐了一个弯，向着另一个世界奔涌而去。

我们选取了另一个时间的轴线来架构今年的选本，"时间"选本即基于诗人的出生年代的选本。在"时间"面前，我们每一个人都是平等的。年度选本如此残忍，把作品摆出来，编者无非是选出每一个诗人最好的作品，虽然只选诗人的一首诗，但一首诗如一滴水能检验出诗人一年创作的大海，诗人是否努力了，是否保持了创作的活力？这是一次平等的检验。

去年在《雾年读诗》里我惊讶于九〇后诗人小兽似的迅猛，今年情形又变，出生于 21 世纪 00 年代的诗人等不及了，呼啦啦向外冲。所以，我没有沿袭去年以"新媒介"为架构的编选思路，今年我把出生于 21 世纪 00 年代的小诗人放到年选的最前面，他们代表了更为新鲜的诗歌力量，他们带着童声的写作生动地传达出诗歌写作的"元本质"，这正是我所倡导的"元诗歌"写作的一部分。我希望他们的诗歌能够引起成年诗人的思考，诗歌的思维原来最初是这样的——忧心的是他们长大后会变得与我们一样，不是吗？时间太快了，九〇后与八〇后就同我们七〇后、六〇后没有多大区别了。孩子们"元诗歌"

的近于"裸体"的写作直接呈现了诗歌的本质状态，没有皇帝的新衣，只有新鲜如初的诗歌肌体，在这样的诗歌面前，我们从繁复与沉重的诗歌美学中抽身一阅，不觉得轻松、自在、本真与元气尽显吗？

我这次选了6岁的董其端与姜二嫚，8岁的铁头（他去年也有作品入选），11岁的徐毅与姜馨贺，以及13岁的孙澜僖，这六位小诗人代表了一个新的诗歌时代，但愿他们会创造一个未知的更好的诗歌时代。本年选第一首诗就是6岁的董其端的《骨头》，把他的大作呈现在这里吧。

我们的骨头
穿上了人肉。
我们一笑它就笑，
我们哭了它也哭。
我的心里有神秘，
我们的骨头
会和我们一起生活。

孩子呀，我不知你是否读了北岛爷爷为你们编选的《给孩子的诗》。北岛为孩子编诗，概括起来讲可以归到我此文的题目——重建中国诗歌的新人文精神。虽然我不会从"文艺复兴"之类的宏大主题来阐述这一想法，但北岛先生基于中国诗歌教育或诗歌成长的人文环境的糟糕而编选给孩子们读的诗，在某种意义上讲是在扭转人文精神丧失所造成的整个社会诗歌启蒙缺席的现状。

我读了董其端的《骨头》，我被他震住了，"元诗歌"写作让人发现了一个诗歌与世界的秘密——直接写作所能达到的惊人效果，剥离了一切外在的诗歌伪装之后，诗歌回到婴孩一样干净与鲜活的本真境界。孩子的诗歌批判意识是潜在的，甚至是无意识的，但孩子把诗歌所创造的价值与意义记录在此。

时间轴线上的诗人们——从出生于21世纪00年代，依次到出生于20世纪90年代、80年代、70年代、60年代、50年代、40年代的诗人，按时间纵轴全书分为七辑七个年代，从6岁的孩子到60多岁的大人，从董其端到食指，从孙子到爷爷，七代人齐聚于一个选本，带着出生年代分明的身份来到了一个年度，这样的编排别具意味，我想未来会记住他们在一个时间点上的写作状态。

肉身消失了的诗人与还活着的诗人，前者留下的优秀作品已经定格进诗歌的历史，与死亡一样突出，后者还依然挣扎在移动互联网编织的诗歌之网中。名利是大部分诗人生活与写作的真实动力，而诗歌文本被暂时遗忘，选本的价值在于发现新的诗歌文本。

我信奉死者留下的哪怕是一首好诗。活着的诗人如果不被酒色名利所累，活着的诗人如果不争分夺秒地写下好诗，将会死无好诗。谁都有一死，但让后人为难的是如果没有好诗留存人世，如何对得起身后的时间？

这次我在阅读500多份来稿时，发现相当一部分诗人的作品并不过关，从有的名声很大的诗人来稿中甚至选不出可进选本的一首诗，难堪呀！只能反复挑选与换稿，有的人我最终放弃了，等待明年吧，选本年年有，但愿明年他能写出好诗。

建议他们认真读读孩子们的诗，从本选本的第一首6岁孩子董其端的《骨头》读起，想一想什么才是好诗，什么才是本真的诗歌写作。我们中绝大部分人把诗歌写作搞错了，以为装神弄鬼的写作才高明，以为从小到大所受到的诗歌教育与诗歌训练才是诗歌的正道，其实忙乎了大半辈子，连道路都走错了，凭你多么努力也写不出好诗，作为选者也只能是鸡对鸭嘴，彼此难受。所以，一个年度选本坚持下来，我希望淘汰自以为是的诗人，选出文本扎实的诗人，拒绝平庸诗人进来糟蹋诗歌，照护新诗人自由成长，把平庸诗人一个个挤出选本。

再次感谢你们对我们的信任，我通过微信与微博朋友圈征稿与约稿时，不常在诗歌圈的一些"业余得不能再业余"的作者胆怯地投来作品，我从中发现了让我惊讶的一些好诗，这是我今年编诗的最大收获。一个叫"罗马兰"的作者的一组诗令人高兴，我从中选了他（她）的一首《我看见》。

我看见你远在天边，近在眼前，空间是种古代的概念
我看见所有的幻觉，理想，所有的零，无限延伸，吱呀一声
我看见一种被抽象的虚无，一种纸上谈兵的虚荣，一种棋不
　　逢对手的寂寞
我看见没有一朵花相同，一个人相似，我承认万物有灵
我看见幼年的我，孤独于世，大声叫喊，我要离家出走
我看见六十四条大风在马路上舞动，转弯，你的头发呢？
我看见天堂和地狱怀揣岁末的红包，在投胎的路上，你说从
　　来没有救世主
我看见乌托邦似的漫游，在自我之外的想象世界，情定
　　锁链
我看见我被无厘头案定罪，示众，等待五马分尸
我看见一口深井，经年失修，长久未启，我相信这是我恐惧
　　的来源
我看见天地青色，山水同体，月色下，谁与我共赴一个梦约？

我看见我在梵高的星空下学习战栗，在长城脚下理解仰天长叹

我看见我被推出门，恍然世界是张曝光过度的底片

我看见，烈焰焚烧，天雷滚烫，这熔身的恐惧，哪里还有

　　呻吟？

　　感谢罗马兰让我看见《我看见》，我看见"中国诗歌新人文精神"在这个时代少数诗人的文本里浮现，最后我才发现你就是加了我微信的名叫"十三姨"的那个人，一个远在美国弗吉尼亚州的诗人。我决定此书交稿后向更多的选本与诗人推荐你们的作品。

2014 年 11 月 2 日晚于北京树下书房

(本文系《2014 年中国诗歌排行榜》编后记)

诗歌榜单，文本较量与寂静诗人

——《2015 年中国诗歌排行榜》编后记

2015 年中国诗歌状态如何呈现？"2015 年中国诗歌排行榜"首次制作了 2015 年度中国诗歌 TOP 排行榜总榜 10、2015 年度中国诗歌 TOP 排行榜○○后 10、2015 年度中国诗歌 TOP 排行榜九○后 10、2015 年度中国诗歌 TOP 排行榜八○后 10、2015 年度中国诗歌 TOP 排行榜七○后 10、2015 年度中国诗歌 TOP 排行榜六○后 10、2015 年度中国诗歌 TOP 排行榜女诗人 10、2015 年度中国诗歌 TOP 排行榜寂静诗人 10、2015 年度中国诗歌 TOP 排行榜综合榜九大榜单。通过九大榜单把 2015 年中国诗歌的基本形态做了一个梳理。

我们所强调的是文本较量与寂静诗人的写作。

榜单的入选标准：

1. 诗歌文本的持续创造活力（总榜）；

2. 在诗歌语言谱系里的个人化突破（代际榜）；

3. 对自我的诗歌启蒙即现代性表达（新人）；

4. 在诗坛主流之外的寂静写作（寂静诗人）；

5. 在新旧面孔交替下的诗人代际秩序（新人）。

2015 年度中国诗歌 TOP 排行榜总榜 10

2015 年度中国诗歌 TOP 排行榜总榜 10 的诗人与作品是：臧棣的《防潮垫入门》《秋天的灯笼入门》《排毒法入门》，伊沙的《重回鲸鱼沟》《在青海听我的首位英译者梅丹理先生讲述他当年初读我诗的故事》《上海的天空》，沈浩波的《花莲之夜》《姐妹》《我在你家喝啤酒》，韩东的《扫墓记》《玉米地》《照片》，杨黎的《秘密 1》《秘密 2》《秘密 3》，张执浩的《最深的夜》《过道》《给畜生写春联》，陈先发的《膝上牡丹》《渐老如匕》《良愿》，雷平阳的《脸谱》《基诺山上的祷辞》《穷人啃骨头舞》，徐江的《维也纳黄昏》《吞噬原理研究》《神》，侯马的《五台山景区宾馆》《狼》《天坛》。

这些人都是老面孔。老面孔一般容易让人产生审美疲劳，但一个年度诗歌榜单不能少了经典性写作，而这些人的写作已经体现了经典写作的成果，所以要静下心来研读文本，细细体会文本的含金量就不会有审美疲劳了。在此，我告诫不要只看名头，而要看文本内在的含金量，包括后面其他榜单入选的文本，先认真读，再讲你的态度。

什么是经典写作？我认为经典写作至少要有 20 年甚至 30 年以上持续的操练、校正与积累。入选的 10 人，除了沈浩波是七〇后，其余 9 位都是六〇后。六〇后的写作成为主力无可厚非，七〇后却勉为其难，要么相当突出，要么看不出有什么特征。至于五〇后、四〇后的队伍则越来越少，势单力薄，保持创作活力的人实在不多了。在 2015 年度，我的视野里还有他们参加活动的身影，但作品却一时找不出几首。他们的言论声调依然很高，翻译成果最大，年长的人时间精力确实不及年轻人，但也未必。沈浩波的年龄也不小，伊沙与臧棣更是有了大面积的白头发。但更多的七〇后、八〇后、九〇后在他们面前却露怯了，文本质量难与之匹敌，个别有所超越，但大多数还需待时遇。

沈浩波和伊沙的写作与评论在今年都有足够大的量，没有量何以言质？没有足够高的质量何以入总榜？谁也不需要说服谁，任何榜单都是编者眼中的榜单，要为所有公众代言是不可能的。

他们都是长跑选手，这些年来不知疲惫地跑在诗歌大路的最前面。

臧棣是现代诗歌语言的创造者，他创造了语言的一脉新传统，置于总榜榜首当之无愧。他笑眯眯的，外表温和，内里尖锐。诗歌语言与诗人是怎么一回事，今年他在微博上没少说，中间略有松懈，但全年保持了一贯的劳模本色，看得出他还在不断擦亮语言。他在语言上的深入还在加深，他清晰地给出诗人何为。

伊沙的状态从没有疲软过，他硬朗而敏锐，他把口语写作与这支重要的队伍往高处带。这是在众声喧哗的时代一个诗人坦荡的表现，一是坚持自己的美学道路，二是带出一支口语的大部队。他个人的写作在持续的冲刺中时有不同阶段的代表性作品出现，这次收入的三首是他今年好诗中的代表。

沈浩波除在他每周咖啡馆的写作外，细读这个时代最好的诗歌文本，写出了一批可读性强的评论。推举同时代的好诗人成了大家的共识，或许诗人是"红眼病动物"，但他们推举新人的步伐加快了。沈浩波的文本向内如一把尖刀直抵问题的核心，他是这个时代不绕弯的诗人。

韩东是总榜中的老人家了，年纪最大。他不紧不慢，依然保持了与生活平行的写作姿态，他不断把过去的作品翻出来重新修订，在他的博客上能读出一个人的诗歌文本史。或许年纪大了，收入的这三首都与生命、死亡有关，读得我心惊胆战的。韩东的文本狠在不动声色的进人，他对待诗的态度不是一个谜，但也接近谜。

杨黎这个废话大神，他的《秘密》还真是诗的秘密，他在语言上走得最远，如果要说先锋，他是永远的先锋。如果要说现代性，他是现代性历史演变中与语言的舌头、生活的肉身贴得最为紧密的诗人。

张执浩沉着、冷静，今年蓄起了胡子，看着不像他本人了。他的写作有迷人的气质，因为他的情感底色与语言的纯粹。看得出他是一个严于律己的诗人，他在文本经典性的路上保持了一贯的步调。

陈先发今年的步子好像放慢了，他这么多年奉献了一种新的诗歌语言与现代诗的结构。他在诗学笔记里思考诗的真理，反正他够从容的了，他的文本也可消化一阵子。

雷平阳的语言与题材笨拙，这是他与众不同的诗学风度，与喧哗时代的远距离恰好是心灵的近距离。他接近了精神的本质，他发现了另一种诗歌处境：逼近、撕开、缝合。这个人的沉默也是一种诗学态度，说多了无益，他干脆不说话。

徐江针对诗的发言，包括《吞噬原理研究》都是一针见血的，他的博学与风趣，他的口语的消灭性与强制性都有他的道理。他把写作的道理全说出来了，好看，他是一个有自觉的诗歌启蒙精神的诗人。

侯马近年来在文本上下的功夫有目共睹，今年依然如此，他外表的儒雅与内在的敏锐，他文本的紧实与精神的绵长，都是入选总榜单的理由。

或许读者会发现像西川、欧阳江河、王家新、于坚、翟永明、王小妮等诗人没有出现在总榜单里，原因当然是在本年度他们写得少了，或者拿出来的不多。总榜单好做但也不好做，好做说明一眼看去一年里好诗历历在目。不好做是将他们置于众榜之首，还冠以"总榜"之名，也有冒险杀头的意思，所幸这十位诗人都是历经二三十年风雨的老将，谁都有一本革命史，文本傲立榜首，任人评说，都是自然而然的事。细心者可能会发现知识分子写作与民间写作在总榜单里平分秋色，这不是我有意为之，而是自然而然生成的结果，这或许就是诗歌往前走的规律。

还有一些诗人将出现在代际分榜单里，各位看官慢慢往后看。

2015 年度中国诗歌 TOP 排行榜○○后 10

2015 年度中国诗歌 TOP 排行榜○○后 10 的诗人与作品是：李沛然的《致诗歌》《流火》，朱夏妮的《赵主任》《暴雨前在教室》，铁头的《想念》《女人的善变》，茗芝的《心形的尿》《用鼠标搜索树叶》，董其端的《天使厨师》《古老的诗》，徐毅的《镜子》《时间》，姜馨贺的《在特呈岛骑单车》《天黑了》，崔馨予的《无题》《白蝴蝶》，杨渡的《凳子》《魔术礼帽》，彭果的《不要飞翔》《坠落》。

这些诗歌童星没有当年写小说的那帮人热闹，诗歌虽然也不寂寞，人们重又把铁头去年入选排行榜的那首《爱情》翻出来讨论。这个小男孩表现得相当勇敢，据他妈妈讲，他无视那些鸡对鸭嘴式的不着调的质疑、谩骂与批评。今年他入选○○后十大诗人当之无愧。《想念》是一首悲伤的诗，我被他的诗感动。另一首《女人的善变》："女人有一个特点／就是善变／女人是螳螂／结婚之后吃掉了先生／善变／很不严肃／她还想吃掉孩子／让她的孩子／也善变／慢慢失去了自己"。铁头又写出了让卫道士们要恼羞成怒的好诗，他的诗是孩子的口吻与想象，但具有强烈的批判性，在我看来是一击惊雷。这样的诗不是好诗是什么？

因为铁头目前太火了，所以没有把他排在第一名。李沛然的诗透露出青春期写作之外的人文曙光，对这个世界作出了丰富的诗的判断，让我想到我在那个年龄时即露出的理性写作，这类正在迅速脱离"儿童诗"或"中学生文学"的写作有了充沛的诗性表达，正如他的名字李沛然，他生于 2001 年，是武汉大学附属外语学校初中部学生。他拉升了当前火热的〇〇后诗歌写作的高度，他走的是智性思考与人文光辉的诗歌成长之路。

朱夏妮属于年龄最大的〇〇后入榜者，她 15 岁了，出版了诗集《初二七班》与长篇小说《初三七班》后，又经历了一番成人社会的批判与质疑，现在她在美国读高一，写得更加自由与随意。这个社会的现代诗歌启蒙还远远不够。

茗芝、董其端、彭果年龄偏小，在这个年龄段，他们的写作自然而然，天真中有独到的诗意发现，属于童言无忌、自顾自说的原发性写作阶段。

徐毅与铁头、董其端、姜馨贺是第二次入选本年选。他们保持了儿童视角，想象力丰富多变。崔馨予、杨渡首次进入我的视线，他们的写作不拘泥于一事一物，诗的空间较大。

〇〇后这个群体还是诗的萌芽，不干预，不打击，让他们自由生长最重要。

2015 年度中国诗歌 TOP 排行榜九〇后 10

2015 年度中国诗歌 TOP 排行榜九〇后 10 的诗人与作品是：吴雨伦的《完美感觉》《若干年后》，李唐的《夏季来临前一切都像幻觉》《马匹消失，童年紧随其后》，苏笑嫣的《对生活的投诚》《春天把我们吹出声来》，玉珍的《在我出生之地的大树下》《帝国衰亡的前夕》，蒋静米的《违禁药品》《到处都是走失的人》，阿然的《我并不是特别想知道》《漫食人生》，马晓康的《我想擦一擦父母头上的雪》《醉酒歌》，李瑞的《叙述学》《本能论》，李天意的《稍息》《VOICEV商籁》，王尧的《白色挂满钟表》《安魂曲》。

九〇后步子迈得还是够快的。刚入大学的吴雨伦有股写作上的杀气，他的写作起步早，但没有成名要趁早的欲望。他的文本已经显出成熟与完美的特征，正如《完美感觉》这首诗，丰饶的叙述让这个青年更加自信，《若干年后》对青春的消解在一种语调里让他的诗达到了经典写作的境界。如此考量一个青年的文本，给〇〇后孩子一个警示：未来的你们应是这个样子——丰饶、准确而扎实，直接拉近与这个时代好诗的距离。让他居于榜首，意味着九〇后未来的一抹闪电正在闪现。

李唐、玉珍、阿然参加工作有两三年了，这三人文本走向不一样，各有各的写法。李唐埋头写，沉默少言，小说与诗齐头并进，收获丰厚。《夏季来临前一切都像幻觉》与《马匹消失，童年紧随其后》被我拎出来示众，他今天能写出这样干净又丰富的作品，让我这个多年前给他的处女集写序评的人顿时放心了，他已经走在大路上了。

玉珍与阿然是我的湖南小同乡，一女一男，印象中见过玉珍一次，怯生生的女孩儿，她的文本饱满坚实。从《在我出生之地的大树下》这首诗可以看出她对自我的认识相当到位，《帝国衰亡的前夕》中时间性与历史性的抒写也是在同龄人中少见的。

阿然的先锋性在九〇后中尤为可贵，他在语言上的实验预示着一代新人对诗歌的敬畏与不妥协。

苏笑嫣是九〇后中的大姐了，《对生活的投诚》写的是一代人的真实状态："我们已经长大 / 顺应了时钟和平庸的安全 / 但还没有获得未来/

四周围起的高墙时不时砌入身体／醉酒是时间颤抖在水平线之外"。同时，她在榜单中透露出来的女性意识缓解了"杀气"，让诗变得温和明亮。柔软的女性诗歌也是时代重压下的一股春风般的力量。

蒋静米、李瑞、王尧算新面孔，马晓康的诗随处可见，算九〇后老将。李天意是北大五四文学社社长，现在国外学习。除了马晓康，他们都不是九〇后被大家所熟知的诗人。为什么选择他们入了年度榜单？唯一的原因就是诗歌文本。"我们是一些什么也不是的人／一不小心就会走丢／电线杆上的寻人启事／每一则都像在寻找我们"。这是蒋静米在《到处都是走失的人》中写出的他们的真相。现在，让他们在榜单"这根贴着寻人启事的电线杆上"待上片刻。

年度榜单只是瞬时性的产物，正如前辈诗人们所经历的漫长的写作时间，他们大多数在历史中消失，残酷又公平，能留下的作品才是有价值的，其余的都是过眼烟云。

2015 年度中国诗歌 TOP 排行榜八〇后 10

2015 年度中国诗歌 TOP 排行榜八〇后 10 的诗人与作品是：李成恩的《白鹭》《看戏》，阿斐的《为什么要有信仰》《清朝末年》，丁成的《葫芦吊着，葫芦黄了》《我们这里》，郑小琼的《乌鸦》《月亮》，巫小茶的《谁会亲吻瞎子的睫毛》《秋风词》，肖水的《苏州西园寺坐禅》《This is the morning 致 Y》，胡桑的《赋形者——致小跳跳》《北茶园》，李浩的《挽歌》《去衡水途中》，唐不遇的《脸谱》《暴雨过后》，熊焱的《清平乐：河西的草原》《清平乐：祁连山上的雪》。

八〇后好诗人成堆，榜单不好做，最后比较下来，还是以八五前诗人为主，八五后的进入综合榜单。这样设置是想在第一年正式制作榜单时就强调接近经典的写作，八〇后正在成型，是一群可以期待的诗人。

短诗里的李成恩如同短发飘逸、透明、清澈，不像长制那么厚重，但可以看出她在删繁就简，她在留空镂白，手法更加跳跃，有立体的追问，也有温和的致敬："屈原的灵魂站在水里，杜甫弯腰致礼。"（《白鹭》）她的诗在中国从传统向现代转化的艰难历程里表现出了清晰的自我审美态度，一目了然，历史源头与自我来路分明。

阿斐、丁成、唐不遇是八〇后中出道较早的一波人，因为出道早，时有被选本遗忘之险。所以，在首次制榜时"请君入瓮"。他们的文本没有让我失望，这一辑恰好不是我本人选稿，最后看稿子时，我异常谨慎地反复阅读，最后发现他们的文本对得起他们在八〇后江湖上的地位，如果有地位可言的话。

肖水、熊焱、李浩的写作在各自的轨道上探索，各有固执的风格。李浩阅读量大，知识储备充分，他的写作尤其是他的长制，更佳，可惜在这个年选里没法呈现。李浩是一个有抱负的家伙，我对他的期待更高。肖水与熊焱才气足，肖水在复旦，他对修辞的偏爱让他一度踩上难度写作的钢丝，这次入选的两首却是放松的，没有了修辞的紧张，有了疏朗的新气象。

胡桑这个八〇后混淆了与六〇后经典写作的界线，如果去掉名字，真搞不清《赋形者——致小跳跳》《北茶园》的写作者的年龄，当然这一波八〇后确实到了稳固自我的时候了，他们做到了。

巫小茶的写作一度被遮蔽，她的文本在那里，可是没有榜单关注到这样的诗人，现在还不迟。她代表一部分被遮蔽的八〇后，入榜单我觉得弥补了选本的遗憾，没有选入的人坚持写好诗就是了。《谁会亲吻瞎子的睫毛》单纯而深刻，她怎么就能写出单纯而深刻的好诗呢？比起女性身体写作，巫小茶的撞击力更大。祝贺她。

郑小琼这位八〇后中的大姐大，她今年入榜的两首诗《乌鸦》《月亮》让我反复读，她写出了以往她没有过的诗。一个诗人成熟后如何转向往往很难，正如这些年的西川，西川的转向令人惊喜。这两首诗是否意味着她转向我不得而知，但我发现她迷恋上古典的意境，并且通过古典意境造出了现代性诗歌结构，这个结构应该是体系性的，以她过去的写作体量，如果她把这种古典意境——现代性结构深入下去，应是另一个不一样的郑小琼。她已经让我惊喜。

八〇后坚实的步伐让七〇后跑步前进。下面谈七〇后。

2015 年度中国诗歌 TOP 排行榜七〇后 10

2015 年度中国诗歌 TOP 排行榜七〇后 10 的诗人与作品是：朵渔的《出离》《大声喊》，姜涛的《夜行的事物》《浴室》，谭克修的《旧货市场》《锤子剪刀布》，李建春的《悲伤之心》《乙未年的秋气》，路云的《回声》《纸灰》，西娃的《为什么只有泪水，能真实地从梦里流进现实》《神灵以各种方式，让你知道他的在》，阿翔的《昔日诗》《新月诗》，广子的《梅力盖图》《给赛汗塔拉草原落日的建议》，黄明祥的《大理石——致博尔赫斯》《除夕的火塘》，聂权的《下午茶》《最后一个太监》。

早在 2008 年评论家霍俊明就出版过一部专著《尴尬的一代：中国七〇后先锋诗歌》，七〇后被定义为"尴尬的一代"。时过 7 年，"尴尬的一代"并没有甩脱掉"尴尬"，他们夹在中间受困。这些其实也不重要，重要的是他们在文本上的贡献。

进入年度榜单的朵渔、姜涛、谭克修、李建春、路云、西娃、阿翔、广子是七〇后中的老人，写了这么多年，能够撑起这一代人的写作，加上进入总榜中的沈浩波，七〇后的阵容不缺好诗人。

朵渔独立的写作让他的文本有了强烈的启蒙价值，《出离》与《大声喊》针对自身的问题而"大声喊"，他的写作总体上是提出问题的写作，他是众多低于自己的写作者中"高于自己而又融于自己"的那个人，独立于人群之外的沉默的叫喊者。

姜涛在语言里沉默了很多年，他的文本有内在的爆发力，但北大的学术环境让他不像朵渔与沈浩波他们那样冲在时代的前头，他在文本内部解决了语言与自我的冲突。《夜行的事物》与《浴室》相当有力量，直接推翻了七〇后"尴尬"的身份，作为个体他是清晰的，选他入榜加深了一个榜单的重量。

谭克修的诗歌谱系里有一个"还乡者"的形象，而现在他把生活的杂音提高到一个合适的分贝，他的叙述于是有了自由的呼吸，在生活的现场解决自身的问题，他的地方主义诗学观点印证了他的写作路线。

李建春的写作是有信仰的写作，他的诗歌语言、叙述性线索都有明确的指向，他有鲜明的知识分子写作的身份。我觉得在七〇后诗人中这种具体的身份不是过分了，而是暧昧了，找不到写作者的身份，变成无头无脑的写作者才是尴尬。李建春有写作者的洁癖，这是他区别于许多诗人的地方。

路云的写作也是洁癖式的写作，他今年的语言更简单、短促，叙述路径却更清晰，但诗的内在世界多了一层神秘。他在元诗里沉得更深入，他立志要成为这个时代的异数，做一个不为人所关注的阐述文本无限可能性的诗人，路云会走得更远。

西娃是七〇后入榜诗人中唯一的女诗人，她在这个榜单里凭的是文本的深刻性。《为什么只有泪水，能真实地从梦里流进现实》《神灵以各种方式，让你知道他的在》写的是生活中独到的经验，她其实写的是真实的生活，而不是虚拟的诗歌。她不阐述理性，她表达的是压在心灵上的种种感受，而这些让她奔赴到诗歌的高处。她站在高处，诗的灯光照亮了她周围的黑暗，她的入榜让七〇后有了黑暗里的光亮。

阿翔与广子他们今年编了七〇后诗全编，全编肯定是相对的。他们个体的写作游刃有余，力道均匀，握刀的手在诗的筋骨里准确地游走，阿翔在喃喃自语里建立倾诉式的语言体系，广子面前的道路是广阔的，他的写作显示出了举重若轻的综合能力。

榜单留下两席给新晋者。黄明祥今年出版了诗集《中田村》，这部诗集为他赢得了入榜的理由，他凭着博尔赫斯"专注石头里的黑暗"一样的倾听与雕刻，在诗的大理石上刻出了黄式花纹。他扮演了七〇后阵容里的闯入者，读他的"要将金色的狼群喂大／不再哄抢灰烬里的红袈裟"（《除夕的火塘》）这样的诗句，就明白了好诗人立在面前的说法。

另一席给了聂权，我们曾经在明天诗歌微信群讨论过他的《下午茶》，我主持的那次讨论会可能是本年度最热烈的微信讨论会之一。我们的意见是聂权写出了一刀见血的作品，凭这点就可以入榜，好文本不一定要多，而在于过硬。

七〇后阵容内部有不同的声音，我略为所知，但我不是这个群体中的人，我是旁观者。一个榜单只是一个向度，一个榜单表达一次敬意。

2015 年度中国诗歌 TOP 排行榜六〇后 10

2015 年度中国诗歌 TOP 排行榜六〇后 10 的诗人与作品是：胡弦的《古龙寺》《秋水》，谷禾的《这一块泥土》《合唱者》，李笠的《给梧桐树》《十一月的挽歌》，树才的《雅歌集》，故事马的《给戏剧生讲课》《死人的早晨》，小引的《去山顶种一棵橡树》《巧合的不是灵魂是什么》，庞培的《晾衣竿上的秋天》《凉风》，李元胜的《你错过的全在这里》《对湖》，中岛的《幸福》《自由的身体》，吴少东的《服药记》《一周》。

胡弦细心打磨每一首诗，对语言与意象充满了温润的情怀。他的诗浸染了传统的血脉，他的突破是不动声色的突破，一点一滴像一颗语言的钉子。胡弦是一个有耐心的诗人，他的诗有江南细雨般的渗透，但他不受地域的局限，他是古典、经典的转化者，他在破与立之间找到了现代性的支点，总体上他构筑起一种美学范式。他居年度六〇后榜首，原因在此。

谷禾有"鲜花宁静"的写作状态，他像一个老农，高大的身躯里似乎有挖不尽的能量，他躬身土地的写作方式是朴素的，他收放自如，历史与现实涌入他的诗歌。他的文本内部有热血奔腾，更多时候他控制了自己的情感，《这一块泥土》《合唱者》都是控制在平静的面容下的作品，他有强烈的人文诉求，但不外露，他固守诗是自我的底线。

李笠的写作视野大于国内外许多华人诗人。他不拘泥于现实与时代，他的诗却沉进了现实与时代，所以他的文本是生猛的，保留了一个中年诗人少见的先锋。《给梧桐树》《十一月的挽歌》是他今年作品中的经典。他一般采取的是即兴写作，不管不顾，畅快淋漓地写下来。而入选的这两首却是炼金术之作。

树才的《雅歌集》弥漫出一种诗歌人文气质，与他丰富的精神世界达成一致。他让内心与诗贴在一起了。

故事马是六〇后中出色的文本主义者。他是周亚平。"先锋"一词还不能包含他的写作，他在现代诗的语言里长驱直入，给你一个残破的世界才是诗的目的，而不需要任何掩盖，他裸露出后现代语言的真容，让诗回到元诗的位置。他是一个神秘的诗人，他有不为人知的写作秘密。

小引、庞培、李元胜、中岛、吴少东入选年度榜单是因为他们的作品沉淀了人到中年的情感，向善与向美是诗人的天性，把诗引入良夜，诗如人生的一弯新月，照彻了混沌的大地。

小引的诗清朗与洁净，从他的诗可以感受到他内心的律令。庞培倾心于江南，其实他是历史性的，而历史被他擦亮。李元胜白面长身，发型也有风度，诗的风度在于专注，他关注这个时代不被人所关注的心灵幽暗的那一部分。

中岛是口语诗的老王子，他的诗读起来有泪花溢出，他常常把沉郁的情感放在简单的句式上，让人有不能承受之轻。细细体会《幸福》《自由的身体》，越发感觉中岛的重量。

吴少东的《服药记》《一周》显示了他内在的语言功力。他对意象、语言与结构都有精心的要求，他的作品并不多，今年出版了诗集《立夏书》，由此入榜。

六〇后人数众多，队伍庞大，大多炉火纯青，但今年的写作成绩上下不一，进入年度榜单的标准是"在诗歌语言谱系里的个人化突破"。这十人在这个方向上都有不俗的表现。

2015 年度中国诗歌 TOP 排行榜女诗人 10

2015 年度中国诗歌 TOP 排行榜女诗人 10 的诗人与作品是：安琪的《木箱上的图文有着不以人意志为转移的走向》《天堂自行车》，胡茗茗的《有关身体的一些反应》《流》，潇潇的《灵魂树下》《天葬台的清晨》，李之平的《云雀》《婴儿如佛》，阿毛的《羊群转场》《由暮年开始新生》，颜梅玖的《明月记》《活着》，娜仁琪琪格的《初雪——怀念母亲》《礼物》，宫白云的《暮晚》《霜降》，余秀华的《雨欲来》《晚秋》，杨碧薇的《摇滚白骨》《再见,格瓦拉》。

安琪保持了一定的写作量，她前后发给我两组作品，第一组是行走黄河之诗，大气飞扬，但我选择的是另一组中的《木箱上的图文有着不以人意志为转移的走向》《天堂自行车》，这两首诗体现了自我经验、个人表达与现代意识的紧密结合。安琪的写作完全在自己的控制下，她不依附于任何现成的诗歌资源，如果要说她的诗歌传统，应是她自20世纪八九十年代以来形成的个人传统，连她的言说方式、叙述策略与语言节奏都是安琪自己的。她的诗歌资源来自自身的生成，她把自己当作唯一的诗歌传统。她居于年度十大女诗人榜首当之无愧。

胡茗茗的《有关身体的一些反应》《流》符合我给她写下的某授奖辞的判断，她鲜活的女性意识与突出的自我经验，让她的写作"发光"。"哦，我的天！/大雨来得真是时候"，《有关身体的一些反应》并不是"身体写作"，她高于"身体写作"。

潇潇的《灵魂树下》与李之平的《云雀》《婴儿如佛》，让爱在生死中成为唯一的力量。她们面对的是灵魂与肉身的冲突这样重大的生命问题，所以她们的诗才会产生强烈的审美反应。她们代表了众多女性，将女性自身经验转化为现代诗歌的人文启蒙精神。

阿毛、颜梅玖、娜仁琪琪格、宫白云、余秀华入选年度女诗人榜单，是因为她们身上有丰富的诗歌感受力，她们都不是小女孩，她们面对了复杂的社会经验与人文传统，她们在写作时能自觉地处理自身真实的感受，留下最富有诗性的那一部分。

阿毛"把我怀抱/当作它余生的牧场"，一个成熟女性的爱让诗变得柔软而博大。颜梅玖以玉上烟之名写下过女权主义作品，女性的自我阐述与解放是一个国际化的命题，颜梅玖探讨了诗歌如何快速嵌入灵与肉中，如何形成强大的隐喻，她的真实更为有效："我的丑，嘲弄了美／我虚伪的笑容，蔑视了真实"。

娜仁琪琪格的母爱与女儿之爱在童话与梦幻之境中获得了新生，在飘荡的风声中雪降临，她诗歌的人文光辉照亮了人性的黑暗。

宫白云勤奋，诗歌文本与评论双管齐下，她通过独白与倾诉获得新鲜的面容："我觉得已旧的血又再度新鲜／仿佛迎着朝阳的小孩／弥补我的衰老／直至静寂将我包裹／他将替我年轻"。她的金句比比皆是。

余秀华在处理女性的苦难经验时形成了一个自足的生命实体，她的诗与人是残酷语境里倔强的象征。

杨碧薇在阿姨们的诗歌美学下做出了奋力反击，她不同于阿姨诗人们。这个生于 1988 年的云南女孩，博士在读，她的诗里有"云南血统"，亦有青春的摇滚与尖叫。她的美学态度是在异端里达到狂欢，而狂欢是另一种锥痛与毁灭，她不安于诗歌现状，我从她的诗歌文本与训练有素的诗歌评论里看到了女诗人新的希望。

迎接妈妈与女儿们的诗歌时代，温良的或与女儿一样反抗的妈妈"仿佛迎着朝阳的小孩／弥补我的衰老"，而你们的男人们在一旁显得有些落寞。

2015 年度中国诗歌 TOP 排行榜寂静诗人 10

2015 年度中国诗歌 TOP 排行榜寂静诗人 10 的诗人与作品是：朱朱的《暝楼——再悼张枣》《丝缕——致扬州》，严彬的《伤心时我就种一只麻雀》《写给头镇的诗》，皮旦的《乌鸦就是乌鸦》《看见一条驴跑过胡桥我想起了杜甫》，剑男的《弯曲的河道》《在图书馆》，白木的《幻像与世相》《赠张九用明日西渡太平洋》，张先冰的《合鸣》《重返》，孤城的《旁观者》《悬》，26桥的《雾》《檀树》，成明进的《我希望在秋天告别》《航行在海》，萧乾父的《续山阴道上》《续进学解·山阴道上》。

寂静诗人入选标准是强调"在诗坛主流之外的寂静写作"。做这个时代的寂静诗人是一种精神与文本的综合修为。我特意把自我边缘化的诗人选出来，让他们来到热闹的诗歌现场，但他们其实拒绝出场，甚至反对出现在榜单里。

"寂静写作"已经成为这个时代不被人称道的写作方式，而我要单独把他们拎出来示众。看，就是这些人远离人群寂静写作。这些年没有见到他们出来，领奖、朗诵、研讨、交际等一切抛头露面的地方没有他们的身影，他们藏得够深的。

不适应现场的灯光照在他们的脸上，他们觉得灯光照在别人脸上更合适，别人更需要朗诵、研讨、奖项与交际的灯光，而他们不需要。荣誉对于他们来说显得多余，荣誉在活着时确实没有必要，死了更属于生者，所以来自诗歌的荣誉值得舍弃。这是我向他们致敬的原因。

朱朱只见过他的照片，他的写作持续了20多年，好像从没间断，他是若隐若现的长跑选手，是要见到文本才能确认其存在的诗人。偶尔想起他，他还在写吗？他在写，除了艺术评论，他的《暝楼——再悼张枣》与《丝缕——致扬州》让我有恍若隔世之感。寂静之人必有深沉的心灵。

认识严彬快十年了，我也只见过他的照片，连声音都没听过。虽然与他参加过一个共同的诗歌活动，但他三天都不在现场，他在人群之外干什么？他在"种一只麻雀"吗？我怀疑此人此生难与我相见，他不是有意躲谁，有些诗人天生就有一颗寂静的心，对应的文本更有嚼头。严彬的诗另类、现代，他拉开了与时下流行写作的距离。

皮旦过去是在网上的皮旦，近年网上少见他的踪迹。他的《乌鸦就是乌鸦》《看见一条驴跑过胡桥我想起了杜甫》不是网络嬉戏之作，而是值得我认真对待的好诗。不读皮旦是我的错，读了皮旦才想起他来：当年的喧哗终将寂静，文本在时间之后一首首浮现。

剑男与张执浩是当年同时开始写作的诗人，后来消失，近年恢复写作。他的诗依然保持了内在的热情，溢出充足的抒情汁液。他不善言辞，在学校里打打球写写诗，比当年更加内敛与本真。

白木在寺院里拍月亮与屋檐，写疏朗的、有禅意的诗，从他原来的言论里看得出他看不起许多人的写作，而自己并不与人较量。他飘忽不定，在全国各地庙宇间游走。这个散淡的小老乡，我有快十年没见到他了。只有过一段时间上他的博客翻看他的作品，才了解到他的行踪。他的诗靠近一颗孤寂的心。虽然他并没有出家为僧，但他的写作里有一颗干干净净的心。

张先冰即武汉的老冰，络腮胡子下一张鲜活的嘴唇，他头脑清晰，逻辑性强，是一个有思想情怀的人，当年的青年知识分子演变为青年旅馆业主、社会建筑师与不变的诗人。他今年悄悄出版了平生第一本诗集《怀抱与广场》。他将诗歌看作"人类文明与族群传统的一部分"，是他表达情怀、回应命运，确认生命的立足点和方向感的不可替代性的产物。他不曾给过我诗，这两首是我从他的诗集里一字一句敲下来的。他让我想起人世间还有精神偶像，他与荷尔德林为伍，他写不与当下"专业诗歌"发生关系的诗。

孤城与26桥，两位年轻的诗人，边缘化的写作状态让他们拥有从孤寂心灵涌现而出的思索，沉潜在时代幽暗处的文本忽闪忽闪。他们的写作预示着文本的光穿过了幽暗的丛林，与我相遇的桃花潭的夜晚，你们是众人之外的人，是在黎明的微光下叫我从汪伦墓地的露水里翻身的人，他们静悄悄的，从他们平和的面容我认定写作是同病相怜的事情。

成明进在县城生活，写了十多年的"意味诗"与"意味哲学"，诗歌与理论文本有四大部，上百万字。当年叫他老师的人都成了比他名声响亮的诗人，而他固守"意味诗"与理论，这是一个20世纪八九十年代《诗歌报》现代诗歌大展时冒出来的诗学概念，如今似乎只剩下他一人坚守阵地，战友四散，大旗飘飘。今日再读他的《我希望在秋天告别》《航行在海》，突然升起悲壮之感。他一个人走在县城的青石板小巷里，夹着雨伞与油印诗集，他的形象是一个经典历史性形象，六○后、七○后诗人大多有那样的记忆。成明进顽强地走在"意味诗"的道路上，他的寂静是"航行在海"的寂静，他一生就如此航行下去，但他与历史有过"告别"，你们都不在历史中了，而他要创造"意味诗"不灭的历史。

萧乾父即当年的蝼冢，他在北京昌平郊外的燕山深山密林中自筑草堂而居，主张现代儒学的阶段性转变是守成和走向丛林，嗜水墨，著有长篇小说《地方性知识》，史诗《黑暗传》《徕园徵圣录》等。他时而云游各地，时而着长衫蓄须。

这些人还并没有完全成为时代的隐士，有的人偶尔一见，但羞涩的面容被他们的文本掩盖了。他们不在世俗诗歌的中心，内心才是他们的中心，他们隐居在内心。文本才是他们呼吸的中心。

我庆幸能读到他们的作品，或许还有根本就读不到的作品，那些人在哪里？我将在明年继续寻找，寻找这个时代的诗歌失踪者。

2015 年度中国诗歌 TOP 排行榜综合榜

2015 年度中国诗歌 TOP 排行榜综合榜的诗人与作品是：杨炼的《永乐梅瓶》，严力的《门》，杨克的《毁灭奏鸣曲》，龚学敏的《在罗江庞统祠》，宋琳的《噫吁嚱！一个行者——致昌耀》，简明的《悼陈超——你的余光足以透视一切》，杨小滨·法镭的《朱自清欣赏指南》，韩文戈的《冬夜读诗》，杨政的《酒——知我者谓我心忧，不知我者谓我何求》，育邦的《酱园街忆旧——致商略》，张维的《静如永世》，蒋涛的《我右手大拇指会咯嘣咯嘣地动》。

综合榜单里的诗人是一种整体实力的体现，因为考虑到年选厚度，将他们集合在一起，阵容强大。有的人的文本甚至要超越前面榜单里的某些人，但因为编选体例，无法一一单独呈现，只要是认真阅读的人就会发现年度好诗不会被淹没。

我主张还是要回到年选编选标准之外的"寂静写作"。那些在县城里、在乡下、在深山密林里自我幽闭的诗歌兄弟，你们的"寂静写作"拒绝了"诗歌中心"的干扰，保住了诗歌的内在清净与人文理想。

所以，我反对在排名上的争执，而排行榜单只是文本的相对较量，不能说明一切。你的写作状态决定了文本的最终高下，我希望在明年编选《2016 年中国诗歌排行榜》时，大家争当进入中国诗歌 TOP 排行榜年度十大"寂静诗人"。

2015 年 11 月 8 日于北京树下书房

2016 年中国诗歌：文本与语感

——《2016 年中国诗歌排行榜》编后记

2016 年中国诗歌，平静的水面分出两道清晰的航线，一道是成熟诗人持续的发力，一道是新生诗人的冲撞。《2016 年中国诗歌排行榜》编后记，我想从文本与语感谈起。

何为文本或文本意识？以我的写作经验，诗歌文本包含了作者基本的写作观与价值判断。有人开始写作时就没有弄明白为什么写作，在歧路上越走越远；有人一开始写作就有良好的文本意识，知道自己要奔着哪里去写；有人是经过多年的写作后，才慢慢找到适合自己的文本写作方式，这类人居多。这就是区别。

好诗来自于作者良好的文本意识。我们在一个有着百年新诗历史的背景下写作，影响无处不在，只是少数人意识到了影响，并马上摆脱了影响，回到了在创造文本的道路上写作。有的人一直在复制文本，复制文本是大多数人的写作，复制文本正在构成一部三流的当代诗歌史，历史的误会迷惑了许多人。

创造文本是卓越诗人之所以为卓越诗人的前提。复制文本是平庸诗人之所以为平庸诗人的根源。但这个时代的卓越何其艰难？平庸也无可奈何。

百年中国新诗，少数人有强大的文本意识，只有这些人才有创造性的诗歌文本。现代诗之所以突出于小说、散文等其他文体之外，就在于有创造性文本出现，尤其是出现在当代诗歌中。

何为创造文本？源头性的文本才可称为创造。源头可以是一代人的源头，可以是语言的源头，可以是一个时代或之后数个时代的源头。在百年中国新诗发展历程中，出现过为数不多的源头性的诗歌文本。

每个时代都有每个时代的元文本。成为元文本诗人，在强大的文本意识下写作，是一条艰难又唯一的路。

对于语感，每个写作者都不会陌生，但忽略语感的大有人在。在大多时候，语感并不受写作者重视，有就有，没有就没有，也就是说对于大多数人语感可有可无。一首诗的思想或技术，甚至词语往往大于语感，语感被降低到了最不受待见的位置，这是一个错误。

何为语感？以我的写作经验，语感是一个诗人找到自己的最好的方式，可以把语感看作一首诗的呼吸，甚至就是写作者自己生命的呼吸。就这么简单。但我们往往陷入思想、技术、词语的天罗地网，丧失了捕捉语感的敏锐力，从而舍弃了自己。当我们的写作针对的不是自己，而是与自己的生命呼吸没有关系的写作时，问题就来了。

失去语感的写作，必是内在气息混乱的写作，要从一个上气不接下气的写作者那里看到节奏与从容是不可能的。不管写什么样的诗，真正的高手会有不露痕迹的语感，让诗在属于诗应有的语感里。

真正有良好语感的诗人并不多，有的人写了很多年还不知一首诗的语感为何物，不去主动创造或寻找属于个人的语感，而是去写并不适合自己的诗，不适合自己的写作是痛苦的，当然是失败的。

今年我们在编选了《那些年我们读过的诗》与《新世纪中国诗选》之后，对于大规模选诗心生畏惧，好诗在哪里？什么才是我们要找的好诗？都是令人忧虑的事。一年一年过去了，一百年都过去了，我们的编选与写作要落向实处。

《2016 年中国诗歌排行榜》是一部年度诗选,年选当然要尽可能全面体现一年来诗歌的基本状况。我与邱华栋商量今年还是要在去年确定的九大"TOP 排行榜"的框架上进行编选,不过今年我们扩展为十四大榜单了。增加了五〇后、艺术家、翻译家、批评家、小说家的诗五大榜单,从编选思路上让本年选最大可能与其他选本区别开来。

2016 年度中国诗歌 TOP 排行榜总榜 10

今年的总榜单里新晋了朵渔、谷禾、余怒、胡弦、谭克修、李建春六位,他们的写作面目清晰,有各自的文本与语感。他们是独立于文本中的诗人,创造文本让他们走上了一条自由而宽广的道路,他们都是具有个人精神向度的诗人。

朵渔除了是一位诗人,还是诗人中的思想者。思想者与诗人可以是两个人,但朵渔是一个人。他的文本是诗与思想嵌入的坚硬的产物,《在猎户星座下》写出了"一种更高的秩序",弥漫出宣谕与暗喻的气氛,但这种气氛少有人愿意去靠近,如果不能沉思,诗就失去了在这个时代最大的意义。朵渔把时代带入沉思。

谷禾今年的写作比以往放得更开,他在个人诗歌微信公众号上不定期发布新作,读来爽快,因为他贴着个人的语感在写,看似随意实质上他的写作死死抓住了每一首诗的"骨头",拎起来有重量,被称之为诗的灵魂的东西与他的文本紧紧咬合在一起。

余怒的诗可以在"诗生活"网站上他的专栏集中读到,这是一个从 20 世纪 90 年代就这样写的家伙,我从当年收到他的个人诗报到现在,他为每个时代奉献出他的元文本,却从不让人厌倦。他是一个文本大于一切的诗人,他创造出了属于他个人的文本——无人可以模仿的文本，这是他的厉害之处。他的诗是复杂的本体，带着强劲的生命力，对于一个强大的文本创造者来说，必须将自己"边缘"化，但"在什么的边缘"很重要。

胡弦的诗散落在各处，今年他好像出了新诗集，我还没有读到，在各网店搜了几次未果。他的写作依然保持了对意象的热情，他在轻与重之间游刃有余，享受着诗的节奏与语感。

谭克修坚持在诗歌的"地方主义"的大视野下写作，今年写出了长诗《桃花》与《万国城》系列，他写下的是土地与生命的语法，他的写作打破了城市与乡村所划定的题材界限。他通过文本把地方性元写作摆在读者面前，与他生活的城市社区有关，与他的土地有关，与他的内心有关，诗的体量就足够大了。《从墓园回来的路上》却是谭克修今年的作品中我最喜欢的，超过了他的《桃花》与《万国城》系列的其他作品。

李建春的文本构筑了一个稳固的诗与思的世界，十多年来的沉潜结出硕果。他的文本的宽度与广度都已经显现出来了，他偏于厚重与忧虑，《植物的哀歌》只是他的一个面容，他的面容丰富，内心却单纯饱满，这是一个复杂时代作为诗人的可贵之处，同时又是痛苦的根源。过于快乐的诗人是有问题的，李建春文本的忧虑源于他的清醒。

本年度总榜单里还有四位老将伊沙、沈浩波、张执浩、臧棣。他们旺盛的创作力有目共睹，年年刷新各自的文本榜单。

伊沙提出"事实的诗意"，这是他对现代诗的一个重要的贡献，他把伪诗意与真枪实干区分开来了，这是两条背道而驰的道路。伊沙基于自己的文本的诗学思考更值得信赖，而不是虚张声势的没有着落的乱弹琴。伊沙的文本与语感对于真正有现代意识的人来说是高级的，对于没有现代意识的人什么也不是。

沈浩波拥有大量过硬的文本，现代性成色十足，《父与子》有令人惊叹的现场感，他直奔诗意的现场，从不绕，从不多费口舌，他是诗意的硬汉。不多一字也不少一字，他的诗像来自生命内部的密电码，每一个敲下的字都体现了他的力道。他的语感是一种往文本里猛戳的语感，这就是诗的生命力。

张执浩今年拿出了一本新诗集《欢迎来到岩子河》，个人化的鲜活文本再次刷新了今年的年度总榜单。张执浩创造出一种干净、内敛与高贵的文本，但又亲切、自然，毫无这个时代流行的艰涩与无厘头。所以，我要说他是一个真实的诗人，忠于生命感受的诗人。能做到像张执浩这样放松的诗人并不多，他的语感是语言与生活本身的状态，从《腌鱼在滴水》可见他对语言的从容与耐心。

臧棣是位语言大神，他的语感是现实的，更是批判性的，他是一个文本意识极强的诗人。"入门"系列对于读者虽然不新鲜了，但《体位性窒息死亡入门》这样的作品足以把批评他的人撂翻在地。臧棣并不温文尔雅，相反我认为他的语感是生猛的，如果说他是知识分子写作，那也是知识分子里举起榔头的民工，他也有民间立场，我指的是生猛的语感，而不是题材，题材随时可以转换，但语言的进入方式却是内在的，渗透出血迹。

2016 年度中国诗歌 TOP 排行榜○○后 10

今年的○○后榜单，游若昕、石薇拉、江合三位首次入选，他们写得好，好在拥有现代诗的语感，因为他们还是儿童，这样的语感我不知来自哪里，如果说是自然天成也未尚不可。除了他们选择了口语写作方式，同时他们选择了直接写生活，写生活给予他们的心灵感受。

游若昕在《爬山》中给出了一个现代诗人应有的不动声色，年幼不是资本，良好的现代语感才是她的资本。

石薇拉《扭干水分》的劲道超过了许多成年诗人，她的诗意丰盈，呈现出对叙述的敏感与节制，如此下去，这帮孩子超过大人已成定局。

江合《致一只飞鸟》有着孩子少有的空间结构，诗的意象与诗的走向也是成熟的，根本没有我们当年少年诗人时的幼稚。

李沛然这个冥想的小王子，他在《沉默的夏》里像一只跳跃的鹿，他截起青春期成长的一个生活片断，记录了他的冥想状态，"面部扭曲，／像被脐带勒到／脖子的胎儿"，这个形象具体，有杀孩子与救救孩子的深刻。

朱夏妮的《地铁》写出了一个小留学生对于外部世界的感受，她捕捉到了复杂生活的诗歌场景，以两组意象表达了她的情感，她在庞德《在地铁站》之后写出了中国〇〇后的"地铁"意象诗。

张心馨、茗芝在"事实的诗意"上写作，带着儿童的敏感。杨渡的《一瞬》是一首有意思的好诗，他抓住了"一瞬"的奇妙感觉与发现。徐毅的《零》也是一首奇妙而有趣的诗，他之所以再次入选，取决于他的文本，他的进步是明显的，诗在一层层阐述"零"，最后却消解了"零"，诗的语感是现代性的，整体结构也完整厚实。

铁头又长了一岁，他在自由的写作中享受诗歌给他的生活带来的快乐，诗是这个孩子表达生活意见的出口。《奇怪的云》是他上学路上所见的情形，但这首诗如果放在现代诗的发展历程中来看，却符合"第三代诗"的语言态度，一个〇〇后的孩子居然有"诗到语言为止"的节制。一方面说明韩东他们当年的语言观念符合人类诗歌思维的天性，另一方面说明铁头这样的诗歌小孩，他的语感与"事实的诗意"天然融合，这便是没有经过诗歌文明的训诫而在自然的状态下产生的好诗。那些陷入好诗标准的焦虑的理论家与诗人们,可以从铁头他们这批〇〇后小孩的诗歌思维中反观我们所面临的诸多问题。

不要忽视〇〇后诗歌童子军的诗歌思维方式与写作路径,也不要以为他们是孩子就可以不放在眼里,未来全是他们的,正如大多数红极一时的前辈诗人不是被历史一一抛弃了吗?关键是诗歌童子军的写作告诉了成人世界:他们才是人类最初的元诗文本,天然的语感在他们手里。

2016 年度中国诗歌 TOP 排行榜九〇后 10

今年的九〇后榜单新晋了左秦、陶春霞、文西、马映、蒋在、康雪与祁十木,留在十大榜单的有吴雨伦、马晓康与苏笑嫣三位老将,且听我一一道来。

左秦是今年从微信上突然冒出来的,我还不知其详情,但他(或她)"我则把自己拔了出来,/离木板远远的,独自生锈。"的文本又狠又准,独立的姿态强硬有力,时常看到此人在各个诗歌微信中出没,从诗看这是一只狼。

陶春霞、文西、马映、康雪都是女孩儿,蒋在应是男孩子。九〇后女孩比男孩更敢写身体禁区,陶春霞与文西都有不少惊世骇俗的作品。去年在北大举行的本年选发布会上,陶春霞首次亮相,她朗诵了一首诗让全场一时没有声音,在一个大家都在谈论诗歌的场合,她突然发出生活中司空见惯的声音,大家反而不适应了,沉默了,尴尬了。诗歌写真话还是写假话似乎没有人关心,但陶春霞的出现让我反思,直接写真话,打破假话构成的世界,不难但没人肯这样写。

文西的某些诗让人不舒服,包括她对外发出的个人照片都比较大胆暴露，与她的诗构成了一个真实的统一，她也是一个敢做敢写的九〇后。如何对待这样年轻的女作者，我们作为父辈诗人，只有包容了。艺术上的大胆与突破当然值得鼓励，但在面临出版时，只能选择性过滤掉那些离经背道的部分。

马映、康雪与年长一点的苏笑嫣，她们的现代性语感非常好，从文本看属于乖乖女，才华超越了她们这个年龄。

蒋在好像是八〇后诗人杨碧薇向我口头推荐过，一直在找其作品，读到《妈妈》没有失望，克制的文本拥有强大的精神力量，奔着更阔大的方向写作，脱离了九〇后的小情小调。

祁十木的文本也指向了死亡、爱与肉身这样沉重的命题，对他其实我也是陌生的。他们是八〇后晚期出现的还处在曝光过程中的好诗人。

吴雨伦与马晓康的写作我较为熟悉，作为"诗二代"，他们有能力独闯江湖，靠的是他们的个人文本。吴雨伦显出了老道与开阔，他的《五月十四日梦》浑然天成的现代性语感，与"事实的诗意"形成了一个强大而自信的气场。九〇后比八〇后当年走得更快。

2016 年度中国诗歌 TOP 排行榜八〇后 10

今年的八〇后榜单全部换了新一波人，相对于九〇后与〇〇后，他们已是老人。有新人可换表明这个阵容里好诗人储备了不少。但八〇后中的一些诗人开始有了倦怠与松懈之势，这种感觉或许来自于他们的少年老成，缺少鲜活之气，继承性写作大过于创造性文本，过快摆脱了本该属于一代人自身的生命感受，一些人失去了自我，面目就模糊起来了。

今年入选十大榜单的诗人，严彬出道不算晚，但真正被人熟悉还是在今年。他是一个有艺术气质的诗人，他从里到外透着散漫，他的文本也是一种艺术化的呈现，他不按既有的诗歌标准出牌，正是这种少有的自由与散漫使他与众人有了差异性。刘汀也是一个略为隐秘的写作者，我们或许见过一次。王西平与王东东算八〇后老人了，他们在文本上的探索走得远，语言的个人气质较重。纳兰《一次对星星的挤压和变形》写得结实，他在诗里是"让雨水变回云彩"，"把铁杵放在铁轨等待碾压成刀锋的人"。男孩子青春期的写作如果能从词语与情绪里走出来，走向精神深处，才有持续写下去的峰回路转。这些年纪相仿的八〇后，在个人气质与创造性文本之间还有更多空间去填满。

里所是李淑敏的另一个名字，新名字下有了新文本，她今年写出了现代语感显明的文本，《来自幼儿的观察》的细腻与深入，对自我的审视入木三分。从她今年的写作感觉她后劲会更大，她参与编选的"磨铁读诗会"微信公众号已经成了今年最有看头的诗歌自媒体平台了，选了不少先锋性好诗。她参与策划统筹的"中国桂冠诗丛"选出了五位五〇后的最有个人精神特质的好诗，她个人的写作也跟上来了。冯娜的《诗歌献给谁》通透，关注世界与自身的关系，有自觉的现代文本意识，她是南方一员值得关注的选手。

艾蒿、苏不归、左右保持了创造性文本的活力，走口语写作的诗人比词语写作的诗人更有生命现场感，给出的文本更有现代性语感。他们无疑正在取代早期成名的一批八〇后诗人，成为这一阵容的主力。在这一阵容里出现了一个交替与更换主角的现象，八五后或较晚出头的八〇后，他们的写作表现得更有生命力。这次遗憾的是，我看好的还有两位八〇后口语诗人，约稿后不见作品发来，时间不等人，只得放弃了。

2016 年度中国诗歌 TOP 排行榜七〇后 10

今年新晋七〇后榜单的有金黄的老虎、刘川、轩辕轼轲、还叫悟空、太阿、黄沙子、叙灵、张建新八位。这八大金刚与连续两年入榜的路云、姜涛全是清一色的男人，这对七〇后女诗人有点不公平，不过风水轮流转，好戏明年来。七〇后这一群体高手林立，但被六〇后与八〇后前后夹击，处在一片汪洋大海之中。这十位全是有定力的家伙，马步扎得稳，不逞一时英豪，看谁熬得久，心态顽强，让文本来决胜高下。

路云是沉得住气的一个家伙，他写作时间长，不热心于文本之处的东西，当然他也是七〇后中最没有知名度的文本诗人。湘人多孤傲，路云写得并不多，今年刚出版了两部诗集《光虫》与《凉风系》，文本硬扎，意象化语言，思化构架，使他成为一个有深度的诗人。其余九位都有些知名度，也很活跃，但像太阿、张建新、叙灵、还叫悟空、金黄的老虎这样有成熟文本的诗人，不知为何并没有被推到前方，相反，他们总是躲在文本之后。当然，这并不是坏事，在转瞬即逝的时代能抓紧时间写下好作品方才踏实。

其他榜单综述

据本书责编传来消息，美编初排后今年选本的厚度远远超过了去年，还得精减一部分，那么我就不详细对各个榜单进行分析了。各位看官，对于我们首次编选的五〇后、艺术家、翻译家、批评家、小说家的诗歌五大榜单有何更好的想法，盼能与我们交流或推荐人选。

今年入选"十大寂静诗人"的作品尤为值得一读，他们有的写作时间漫长，比如杨政，这个快做爷爷的当年的大学生诗人，保持了对语言炼金术般的改造与迷恋，在这个写作态度与诗歌方向、文本与语感多重模糊的时代，杨政一意孤行地坚持用非凡的才气取代一切，他是典型的游离于世俗诗坛之外的"寂静诗人"。

今年因为《那些年我们读过的诗》一书，我参与到北京几所高校向那个年代的诗人"致敬"朗诵活动，但在此，我还得向以杨政为代表的这十位"寂静诗人"致敬。写作就该是默默无闻的写，喧哗与骚动不属于真正优秀的诗人。入选本书的每一个人我都可以写下想说的内心话，留待书出版后与你们细说了。

本社出版的诗歌年选受到了太多的关注，来稿每年都有增无减，给编选者带来较大的工作量，但也令人欣慰，一部年选能广泛获得诗人们的响应，这是我们的荣幸。正是因为本年选的成功，本社才在北京成立了诗歌出版中心，我们正在着手编选"百年诗库"各个系列诗丛，这也是对一部诗歌年选的常态化延续，年选毕竟一年只有一部，但诗歌的出版工作可以永不停止脚步。让我们在"文本与语感"里走得更远，现代诗的下一个百年又开始了。

感谢本书主编邱华栋、社长姚雪雪对我的信任与支持，感谢责编朱强、美编、校对老师们的辛勤工作。欢迎各位朋友届时能到各大网络书店下单购书，支持本诗歌年选的出版。

2016 年 11 月 9 日于北京树下书房

大河奔涌

——《2017 年中国诗歌排行榜》编后记

今年的年度选本编完了，我眼前有一条大河奔涌，写得好的诗人并不在少数，他们以各自的姿态向前奋进，让我想到跃向彼岸的成千上万的角马，它们扑向马拉河，那场面足够混乱、悲壮、无畏与激烈。角马们知道马拉河里的鳄鱼张开了血盆大口，它们都将有可能被鳄鱼咬住、撕成碎片，但角马们必须冲向大河，这是角马生存的本能与命运。

中国新诗的大河波涛滚滚，奔涌百年，我们都是这条大河中的角马，不过张着血盆大口的不是鳄鱼，而是我们自己，是我们的诗歌观念某些时候的粗暴、落后与陈腐，我们行动的慵懒、迟钝与僵化，这些都是中国新诗大河中最致命的杀手，因为麻木而自己杀死自己，这样的事就发生在我们中间。

虽然我们看到从马拉河中逃出来的角马在原野上自由奔跑，但被咬死的大有"人"在，可能占到了三分之一甚至更多。目前无法统计写诗的人数，马拉河上挣扎的有多少角马，也无法计算。把诗写坏的占大多数，写得半途而废，属于玩票的也是大多数。真正能从自身的"血盆大口"中逃脱而出的写作者才会获得诗的自由。

我们就是想看到从诗歌的马拉河中冲向彼岸的好诗人。今年以年度十大诗人的方式挑选出诗歌的"角马"。我们倾向于挑选那些年幼的浑身冒着一股子倔强脾气的"角马"，哪怕这只"角马"刚刚冒出来，只要是有新鲜的劲儿，敢写敢往前冲的新人，我们看到就喜不自禁。历经与自己的生死搏斗，在草地上张开伤口撒欢的"角马"，转眼就成长为健壮的"角马"，这事确实让人高兴。

年度十大诗人

年度十大诗人，不是社会上那些评选搞法，这是基于我们的判断，我们的判断是要有足够的持续奔跑的耐力与速度。这十人都是老将，他们都正当年，沈浩波最小，处于最有冲刺力的年龄。他今年的写作更加扎实，并且在十月份引领大家给出了"什么是先锋写作"的答案，他与一些更年轻的诗人沿着"先锋写作"的道路奔跑。

伊沙依然保持他一贯的好状态，写作就是要一往直前，没什么可说的，先锋诗人必须写下自己。他的新作《"诗人，请将我擦去！"——痛悼张书绅先生》，读来让人动容。一个认真的好编辑张书绅先生，伊沙朴素的诗行中包含了深厚的历史情感，将一个人的成长与命运写得客观动情，"平凡而伟大的编辑"是伊沙对前辈的称呼，更是对我们自身的激励。

臧棣在《郁金香入门》中提出"人真的遭遇过人的难题吗"，没有什么难题人不能面对，诗也一样，诗是神秘的，臧棣有鲜明的洞察力，他像一个承受命运难题的"角马"，倔强地渡过了充满死亡气息的马拉河。我读他时，闻到了郁金香的清香，那是生命的希望，是爱的象征。

○○后十大诗人

　　○○后诗人的成长总是令人喜悦的，这是诗歌的未来。编选他们的作品，我看到了充沛的创造力，他们的先锋性与现场写作能力，有时甚至超过了成年诗人。今年在鄂尔多斯先锋诗会与新世纪诗典诗会上，姜馨贺、姜二嫚姐妹与江睿的表现，让我看到了一代诗人想象力的丰富，语言的直接与敏锐地捕捉生活诗意的能力，现场写作最能考验一个写作者。她们三位女生一个个上场，清脆的童声，羞涩的神态，但掩饰不住良好的语感与自信。

　　铁头依然保持从生活中获得写作资源的动力，他是○○后诗人中出诗集最快的小诗人，他是一个凭个人兴趣写诗的小男孩，他性格活泼，可能还是孩子王。诗只是他幸福童年的记录，他看到什么就写什么，前两年他的诗也写属于他这个年龄的烦恼，现在更多写他的思索与质疑，不是我们当年那样简单的对生活的赞美。读他的诗就是读一代人的真实生活，他的生活是什么样他的诗就是什么样，他脑子里想到了什么他的诗就写什么，我称之为○○后的自动写作，没有更多的训导，全凭儿童的天性，他们都是口语诗歌写作者，我想如果他们选择抒情写作可能就是另一番模样。由此可见，口语真实自然，口语直接简洁，口语是快乐的。

　　邮箱里突然收到孙澜僖的来稿，她说她16岁了，三年前她入选过本年选，○○后很快就长大成人了，保留诗歌真实的天性，是他们这代诗人的当务之急。虽然人总要长大，但诗歌真实的想象与对生活最直接的进入方式，并不要轻易被异化。

　　小冰是一个机器人，我将之归于○○后诗人，可能会引起争议，但人类发展到现在，中国新诗一百年了，请给小冰一些宽容，请尊重人类的智慧。诗无所不在，机器人也有权利写诗，不要剥夺其写诗的自由，不要以人类为中心，不要不相信未来。

九〇后十大诗人

九〇后诗歌今年有点火，马晓康主编了九〇后诗选与九〇后诗档案，李海泉也编了九〇后诗选，他们的动作够快的。除了编选九〇后诗选，马晓康还出版了长篇小说三部曲之一，与当年邱华栋出道时一样，小说诗歌齐上阵，对于九〇后来说文学综合素质较为全面了。今年入榜的新人宋阿曼，我对她还有点陌生，她刚出版了小说集，站在了先锋文学一边。

吴雨伦打头阵，他的诗里隐藏着反讽与拷问，属于力量型选手。李柳杨是女孩，她的"宝宝读诗"微信公众栏目选诗与评诗俱佳，九〇后的思维方式新鲜而美好。

徐电是来自上海的女生，她刚出版了诗集《到马路对面去》，"雪花让你看起来更像个老头"，充满女性现代意识奇异的表达。

八〇后十大诗人

八〇后新人层出不穷，这个年龄段都有新人走出来，说明八〇后还有人在默默无闻地写，只要写出有自己独特生命体验的诗，出来再晚也不迟。

西毒何殇是八〇后中的老先锋了，去年我曾约过他的诗，但不见他的稿子，今年由他帮我约了一批九〇后、八〇后的作品。他的写作如一只野兽踩在地上，脚掌击起啪啪的声响，他有写得厚重复杂的诗，口语的脚掌死死踩在石头上。

苇欢、里所、闫永敏近年冒得快，文本扎实，有一种突出的先锋意识。杨碧薇今年写了一些诗歌评论，她是批评家敬文东的博士生，从诗到理论，都有不俗的成绩，但我更想看到她持续的摇滚式的写作。

李浩今年出版了诗集《还乡》，这是他的一部重要诗集，这个外省青年在北京有更多的孤绝与悲壮，他写出了自身的闪电与雷鸣。大九在内蒙古，对生活向下探矿式的写作，加上他低调内敛的性格，以新人的姿态刷新八〇后榜单。

李锋不是新人了，但他乐于为他人写评点，他都快出两部评论集了。陈超那一辈诗人评论家当年对先锋诗歌的评点式推荐工作，对于先锋诗歌的贡献令人怀念。李锋像一匹黑马，不知疲倦地通过微信公众号选诗写评，他的诗写得如何呢？我从他的《琐记》中选了一首。

在我的视野里，严彬算八〇后诗人中最为勤奋的写作者了，他几乎每晚下半夜在"国王杂志"微信公号众中发出新写的诗歌或随笔、小说，这个湖南青年正在经历疯狂的阅读与写作，他沉迷于内心，并将阅读即时性落实在写作里。

八〇后中潜伏着优秀的诗人，但他们是沉默的。

七〇后十大诗人

七〇后正是出好作品的时候，李建春与谭克修，他们把自己划入了炼金术师行列。炼丹很可贵但要熬时间，一年一度的选本或许出得太勤了，看他们的写作要以三五年为一个周期才较为充分。今年谭克修拿出了《归途》等重要作品，此诗应该是从北京领取首届独立诗歌奖回去后写的。他在写现代生活与个人内心的冲突，有一股新鲜的活力，这对人到中年的七〇后是一个闪光点。

西娃获得了现代性的神启，她近年的写作震撼人心，撕裂与缝合俱在，宗教意识与女性私人生活交织，她是略显沉闷的七〇后诗人中的又一个亮点。

轩辕轼轲创作量惊人，可能比我还要多，他是多中精品频出，此人动如脱兔，诗如闪电，是快刀手。

太阿今年推出厚达 300 多页的新诗集《证词与眷恋》，他是空中飞人，世界各地的题材尽收诗中，读来甚是过瘾。

这次重读郭建强的诗还是一惊，他的语言如钢牙，咔嚓咔嚓咬得响，这不是我们平时看到的甜腻腻的抒情诗，更不是草原西域的地域诗歌，他深入到了人类的命运，从动物身上看清了"挤爆这个蓝色星球的人"。

七〇后诗人无疑是重要的，他们要么很突出，要么很平庸，两极分化严重，好诗人闷头写，差诗人吵吵嚷嚷。

六〇后十大诗人

六〇后侯马、谷禾、唐欣等人炉火纯青，今年他们都拿出了一定数量的新作，有的多有的少，但都有新作，没有新作的自动后撤一年，但愿你是在闷头写而不急于示人，那也好。

侯马写的《在侯马》是对自我的审视，口语是有重量的。谷禾的诗越写越有味道，他在词语与意象里自由出入，深得物与内心的迷津。他试图解开语言与所见之物的关系，但他又不是古典的，他写的是活生生的当代诗。唐欣连续的句式是口语诗中的另类，他把口语诗的句式往繁复方向写，《小回忆》是对父亲的解读，当然没有答案，但诗内部有父亲与我，父亲与他那个时代的奇妙的关系。

小引在我的印象里属于七〇后诗人，其实他是 1969 年生人，处于一个中间地带，我选他是因为他游离于这两个群体之处，他一身的个人趣味，他洞察世事，诗如生命的感叹，"新东西一夜变旧很正常"，这样的情绪弥漫，没有过多的意义，但隐藏着诗的真身。

六〇后是一个浩浩荡荡的群体，好诗很多，但也是最杂的。我们这波人经历的比八〇后、七〇后要复杂，写作承上启下，要么写出源头性作品，要么混搭各种风格，如果这个年纪还出不了好作品，这一生基本就没戏了。

五〇后十大诗人

仔细一看，五〇后在诗歌现场的诗人还真不少，但对于现代诗的认识差异性很大，有的还有一股干劲。柏桦、汤养宗、王小妮等诗人，老诗骨还说不上，但经验老到，形成了自己的诗歌传统。这样的诗人淡定从容，写作如同参禅悟道，是不断激发生命创造的一个漫长的过程。

典裘沽酒这类边缘诗人，并不常出现在正式的选本里，民间状态没有磨灭他们的创作活力，如果对他们的写作视而不见，就有点奇怪了。

梁尔源是五〇后中的新人，他常写常新，并不固守传统的抒情，他吸纳了现代诗歌的语感、语调。能够在这个年龄段突破自身，实在难得，让我想起四〇后诗人张新泉先生，他的诗直击生活现场，读来为之一振。

十大女诗人

在最热闹的时候，以平淡的面容示人，比如李轻松、阿毛等人，她们沉潜的写作并不引人关注，她们似乎躲在那里写作，十年难得见到她们一次，但我知道她们在写，从没有停止。

蓝蓝从精神内部建立起她的诗歌写作方式，阿毛的《我看见》与蓝蓝的《阿姑山谣》，都有洛尔迦的吟唱风格，越是趋向简单的形式，内在的精神要求越高。安琪、湘莲子、娜仁琪琪格、李之平这些人到中年的女诗人，她们做到了，活得越来越明白，诗就会越来越简洁，像一块宝石洗掉了尘土，变得透明。

十大寂静诗人

路云今年推出了他的两本诗集《光虫》《凉风系》，严谨的阅读与思考，让他越来越像个学者，他生活在他创造的诗歌语言或符号学中，他的语言表达方式有他的情感生活作为依据。这两部诗集干净，没有任何附加东西，他努力让自己寂静写作，不受外界打扰。一个面容枯寂的人，内心有他丰富的世界。

第三代诗人小海，安居苏州，他的《从前的孩子》是一首"怪诗"，虽有荒诞之意，其语言叙述方式却是口语的，我期待老江湖们能写出更多的"怪诗"，"怪诗"意味着有新想法，僵死的老江湖意味着从此就告别了江湖，哪怕你写出更多平庸的作品。

黑丰在诗歌之外还写了系列哲学随笔与后现代小说，今年同时出版诗集、随笔、小说集多部，呈现出一个中年作家旺盛的创作与思考能力，他把思与诗紧密结合，他内心激越如烈马，生活安静如处子。

南昌的老德今年推出"下半夜写作"微信公众号，看到他的《我将成为个好诗人》，我是欣喜的，不过这次收入的也是他的一首"怪诗"，有想法的诗。

只对奇异的文本感兴趣，语言高于一切，处于诗歌恶俗江湖之外，专心于自己的诗歌世界，这才是真正自信的写作者。

十大艺术家诗人

黄明祥痴迷于艺术的多种形式实验，从摄影到短片创作，从收藏、策展、美术批评到架上绘画，他的日常工作是艺术的。虽然不是职业艺术家，但他对艺术的思考与实践，让他处在了当代艺术的前沿。他今年的《注水工的核心技术与诗歌艺术》引起较大的关注。

本年度的十大艺术家诗人，个个身怀绝技，杨佴旻、铁心、车前子、孙磊的画，牧野的策展与艺术批评，刘一君与唐棣的电影，杨卫、张卫的画与艺术批评，他们又是诗人，有的艺术影响大于诗，有的诗大于艺术，但都是诗与艺术双向开弓。

艺术与诗到底是什么关系，通过他们的创作可以有所思。

十大翻译家诗人

王家新在诗歌翻译上一路狂奔，成就有目共睹。他今年的诗歌新作，比其他同辈诗人要多。他的新作有一股直击灵魂的力量，他写庞德，"而我呢，宁愿住进你的精神病院"。王家新的写作是一种精神性写作，他的翻译更是基于诗歌的本质的呼应，他译的《死于黎明——洛尔迦诗选》实在漂亮。

树才的翻译与诗歌天然一体，他的《叹息》是纪念牛汉老人的，读此诗我想到了牛汉老人的命运，他的诗人硬骨风范，与树才柔软的诗人之心，正如牛汉老人那声长长的叹息：唉……!

伊沙集诗歌、翻译、小说与编选于一身，他精力充沛，思想敏锐，他对布考斯基的翻译让人看到了现代诗的模样。汪剑钊、高兴、北塔、李以亮等人作为翻译家，他们的诗歌写作并没有被翻译掩盖。

还有更多的诗人翻译家，或翻译家诗人，他们的翻译反哺了诗歌写作。

十大批评家诗人

华清就是张清华，将批评与诗歌写作区分开来，或许是在诗歌上用另一个名字的原因之一。一个好的批评家并不一定要是一个好的诗人，但一个好诗人有可能成为一个好批评家。华清写出了与他的批评一样具有智性的诗歌，这是一个批评家理解诗歌，并进入诗歌内部的一种有效的方式。华清独立于张清华之外，但二者又是统一的。

耿占春、陈亚平的批评大于诗歌，诗歌所见甚少，但并不是说他们就没有好诗。陈亚平还是国内一流的意识哲学家，他在建立意识空间哲学体系。

霍俊明、杨庆祥、吴投文的批评与诗歌写作不相上下，是名副其实的创作型批评家。他们都出版了个人诗集，其诗歌质量完全不在诗人之下。

李犁今年的诗歌批评集的出版，引出了一个诗人批评的新文体，基于诗歌写作现场的观察，基于个人独立判断而不是基于知识的批评。李犁的批评还极为有趣，他的新书《烹诗》被称为"治大诗若烹小鲜，当代诗歌的吃货指南"。

十大小说家诗人

莫言今年突然拿出一组新诗《七星曜我》，此前对他的打油风格的诗大家还不当一回事，这次他拿出的是正儿八经的诗了。以一个小说家对大江健三郎、君特·格拉斯、马丁·瓦尔泽、特朗斯特罗姆等七人的述说为构架，诗的形式、内容包含了太多的信息，不失一个诺贝尔文学奖获得者的诗歌水准。

赵卡、宋尾、陈仓、吴茂盛等人是由诗歌转向小说的典型，一个好的诗人并不一定就是一个好的小说家，正如一个好小说家要成为一个好诗人的概率很小一样。鱼与熊掌兼得的事并不太多，但他们做到了，这是他们在两种文体中转换自如的结果，这是一种本事。

蒋一谈由短篇小说投身于截句诗歌写作，他持续的发力让人看到了成果，但他的短篇小说却看不到了，此事是否要与老蒋聊一聊。

中国诗坛 218 将

中国诗人具体有多少，我不知道，现在选出其中的 218 位，这只是大海里捞针，大鱼游动，我还捕捉不到它们。敬请大鱼明年自动上钩，限于时间精力及本书篇幅所限，好诗人难以一网打尽，一个选本只是一次展示，好在还有其他优秀的年选。

赵野、李志勇、余笑忠这些隐秘的诗人，他们的写作总是那么让人信赖，读他们的诗是一种享受。

2017 年 11 月 20 日于北京树下书房

走向户外，创造新的诗歌文明

——《2018 年中国诗歌排行榜》编后记

　　我在墨西哥写这篇随笔，窗外是巨大的古堡建筑与教堂的尖顶。我突然和国内的诗人们保持了半个地球的距离。我站在西方和东方之间，此刻，地球上有多少人在写诗，有多少人在谈论诗歌？2018 年中国诗歌经历了什么？我们经过了百年中国新诗的时间拐点，对于专注于自己的写作的人来说，所有的纪念都是多余的，所有逝去的背影，给予我们的应该是新的道路。

　　我穿行在墨西哥城，兴奋地辨认古老的文明。墨西哥和中美洲危地马拉的太平洋海岸是玛雅文明的发源地。玛雅人认为每隔 52 年一次轮回，所有的建筑被覆盖后重建。在玛雅人的观念里，死是生的开始，生与死如同朝露一样短暂。

　　由此我觉得中国人把生与死看得太重。我们把诗写得太重，我们做诗人做得太像了，我越来越觉得屈原、杜甫身上担负的诗歌文明，我们未必就要一直这样担负下去。

　　在西班牙语环境下，我有语言的孤独，但作为一个中国当代诗人，我更深的孤独来自西方眼里只有中国古代诗歌，而中国当代诗歌只是西方诗歌语言变种的分支。墨西哥诗人帕斯年轻时就翻译过中国唐宋诗歌，而另一个墨西哥诗人塔布拉达，他在 1945 年就过世了。他写过题为《李白》的诗，此人是西班牙语先锋诗歌的先驱者之一，他将中国题材引入拉美诗坛。而我们当代诗人做了什么？中国当代诗歌有什么值得西方诗人学习的？仔细想想，应该没有。我们翻译了诸如《太阳石》，他们翻译了李白、杜甫。而我们与李白、杜甫隔了多少年，我们还只能跟西方谈李白、杜甫，无法谈中国当代诗歌。我们硬要谈的话，谈的是西方诗歌语言经验的中国写作。所以，我虽然在墨西哥连续做了七场演讲与朗诵，我只能谈"从屈原到父亲，走向户外的写作"，我甚至怀疑自己不应该在西方谈论中国当代诗歌。

这是一个痛苦的隐私，中国当代诗歌集体的隐私，我们谁也不愿意面对。我不知其他中国诗人在西方是如何谈论中国当代诗歌的，难道谈我们如何沿着西方的诗歌道路走了一百年？我也不知道莫言如何在西方谈论他中国版的"百年孤独"的写作。20世纪五六十年代出生的中国先锋作家身后都站着一个西方大师，而中国当代诗人背后站着一大波西方诗人，难道这就是中西合璧式的一百年的中国经验写作？

我的怀疑来自我置身在60多位各国诗人包围的第七届墨西哥城国际诗歌节。如果在国内的诗歌节，就是我们包围各国诗人，其实我们只是用汉语包围他们。而西方诗人来到中国，他们也只会谈论中国古代诗歌，是李白、杜甫包围他们，我们只是看客，只是李白、杜甫的后人。

我们没有创造出中国当代诗歌文明，我们只是在做西方当代诗歌的中国版。一年又一年编选《中国诗歌排行榜》，我发现我们在制造自己的狂欢。我们每个人的写作已经相对独立，但整体放在一起，构不成一个强大的中国当代诗歌。一小撮实力雄厚，态度端正，另外一小撮势单力薄，松松垮垮，这一小撮与另外一撮合在一起，弱小的就拉低了整体的当代诗歌。

中国当代诗歌由保守、落后、愚蠢的诗人与激进、先锋、智慧的诗人写成，两股诗人写出完全相反的诗歌，好诗与坏诗，好诗人与坏诗人，完全可以实现可怕的反转。但在我看来，好坏并不难认定，激进、先锋、智慧的诗人就在眼前，他们大声呵斥保守、落后、愚蠢的诗人，嗓门越来越大，拳头越来越紧密，脚步越来越快，如此这般，大有扭转中国当代诗歌整体平庸之势。

《2018年中国诗歌排行榜》依然坚持去年的体例，整体性观察今年各路不同年龄、不同写作方向、不同诗歌观念的诗人的写作状况，变化主要体现在当代诗歌的写作方式。我在这次墨西哥城国际诗歌节与墨西哥国立自治大学的演讲主题为"从屈原到父亲，走向户外的写作"，我所说的"走向户外的写作"，我认为这是中国当代诗歌最明显的变化。

有人把"走向户外的写作"看成是一种浮躁的坐不住的写作，这是一种极其外在的错误的理解，我不这样看。只有走向户外，才能摆脱庙堂的囚禁，才能找到独立的自己。只有走向户外，才能获得语言的解放，才能开辟新的当代诗歌的道路。

我来墨西哥之前，蒙特雷新莱昂州自治大学的范童心老师给我打来电话，讨论我这次的演讲主题"走向户外的写作"的翻译。她转达了西班牙译者的三种理解：来到大自然的写作、精神解脱的写作、桥梁纽带式的写作。我告诉她直接翻译更好，就是从家里走向户外的写作。西班牙语译者所理解的并没有错，甚至更有喻义与高度，那是这句话字面意思之外所要传达的诸多意思。

"走向户外"意味着什么呢？意味着打开了一个我要亲自参与其中的世界，我没有到墨西哥之前，我不可能写出关于墨西哥的诗歌，我无法有想象的变通。我是一个笨拙的诗人，我必须来到诗歌的现场，写现场的诗，并且我笨拙到还必须在现场写，离开了现场我就会认为诗僵死了，不新鲜了。我喜欢热气腾腾的诗，不喜欢冷冰冰的诗。

墨西哥诗人马加里托·奎亚尔写了一系列他在中国的诗歌，就是热气腾腾的诗歌，他由墨西哥走向了中国。还有于坚、沈浩波等中国诗人，他们来到拉美都写下了关于拉美的热气腾腾的诗。每个诗人的写作方式会有差别，我的方式是在现场写，离开现场后只做微略的字句的调整，或者干脆把写得不好的诗丢弃。别的诗人大多数时候还是要从户外回到屋子里写，我称之为回忆式的写作。这种方式是把现场看到的通过回忆写出来，这是一种常规的写作，大家都习惯于这种写作。我却越来越习惯于在现场，并且是一次性完成写作，我甚至认为通过修改尤其是反复修改的诗歌，还有那类加入了现场之外更多东西的诗歌是虚假的诗歌，是不忠于现场你第一眼看到的诗歌。

我们通常都在写事后作假了的诗歌，并且认定那才是正常的写作，但我不习惯于那样的写作。我有30多年都那样写，现在不了，我必须走向户外，在户外写作。这与我的内心变化有关，我害怕自己不真实，我害怕离开现场后我的追忆会失去现场的第一感觉，我把事后的感觉称之为死的感觉。

中国古代诗人就是这样写作的，李白、杜甫他们这些诗人都是不断走向户外，从庙堂走向荒野，他们流传下来的诗歌都是这样写作的。行走在户外比我身处四周是墙壁的家里要自由。好在我的书房面对着一片树林，我的写字桌下面就是几棵大树，否则我会闷死。所以我说墨西哥译者想到的"精神解脱的写作"太对了，从肉身到精神的解脱，就是"走向户外的写作"。我还要强调的就是：从修辞的写作走向现场的写作，从想象的写作走向真实存在的写作，从书斋的写作走向生活敞开了的写作。但不是降低了要求的现实主义写作，更不是身体游动的旅行写作（许多诗人可恶地称之为"旅游诗"），而是"精神解脱的写作"。

不管是古代诗人，还是当代诗人，不管是墨西哥诗人，还是中国诗人，我们都有被囚禁的写作经历。首先是语言被囚禁，我们要从一个被传统囚禁的语言系统中解脱出来，找到一种活动的有生命创造性的语言，诗人是创造语言的人，没有语言的变化就是僵死的诗歌。然后我们要走向自由。不自由的写作是我们自找的，我们习惯于守旧的写作，不敢走向户外，不敢脱离书本，走向户外意味着离开了现成的知识体系。因为户外是全新的时刻在变化的体系，是自由的户外世界，你必须要适应户外的自由。庙堂里的禁锢被打破了，你面对的是完全自由的诗歌体系。这里不是指大自然的景物，而是一个敞开的世界，无限可能的世界，它不在原有的体系里，它是永远自由的不断变化的，所以要把"走向户外的写作"看成一种走向自由写作的路径。

通过走向自由的写作，创造新的诗歌文明。封闭只有死路一条，我们这一百年做了一件事情：封闭我们的诗歌语言体系，诗歌观念体系以及诗人写作、生活方式。现在的问题是在封闭这条路上，我们形成了一个强大的诗歌写作、评价与抵抗同盟，而把开放的走向户外的自由写作视为抵抗的目标，也就是还要在下一个中国新诗的百年，加固与修建更加强大的抵抗同盟，从封闭走向封闭，从复制走向复制。中国当代诗歌在封闭与复制的空间里打转、倒退和自我陶醉、自我表扬、自我安慰。

今年我们的年终总结，没有针对具体的诗人，而是针对中国当代诗歌整体，针对我们面对世界诗歌时的不诚实的心态。玛雅人把 52 年看作一个轮回，把死看成生的开始。为什么我们不敢向死而生，不敢走出那个封闭的铁屋子，走向户外，去创造新的诗歌文明呢？

2018 年 10 月 18 日于墨西哥城

中国当代诗歌进入拉美时遇到什么？

中国新诗走过了 100 年历程，当代诗歌 40 年来取得了较高的成就，中国诗人受邀参加国际诗歌节，进行广泛的国际诗歌交流。拉丁美洲有着深厚的诗歌传统，但目前对中国当代诗歌还缺乏了解，认知不足。

近年来中国诗人在拉丁美洲的墨西哥城国际诗歌节、麦德林国际诗歌节、罗莎里奥国际诗歌节、格拉纳达国际诗歌节、哥斯达黎加国际诗歌节等受到关注。哥伦比亚《普罗米修斯》、墨西哥《诗歌报》、阿根廷《当代》等拉美诗歌杂志连续刊登中国诗人的作品。古巴、墨西哥、哥伦比亚、智利、阿根廷等国的出版社开始对中国当代诗歌产生兴趣。

《中国当代诗选》将与拉丁美洲国家的出版社合作出版，对于中国当代诗歌在拉丁美洲的阅读、接受和传播具有开拓性意义。

本书收入了具有代表性的中国当代诗人，同时收入近年参加拉丁美洲国际诗歌活动的多位诗人，共有 43 家，从朦胧诗、第三代诗歌到 20 世纪 90 年代以来的知识分子写作、民间口语写作，以及 "八〇后" "九〇后" "〇〇后" 等年轻诗人的写作。中国当代诗歌的走向，异彩纷呈，蔚为壮观，生命意识与日常经验，语言实验与先锋精神，中国当代诗歌的现代性成就有目共睹。

我们处在不断挖掘诗歌语言深度的当代写作中，对于诗歌来说先锋永远是一种常态，但在当代诗歌里确实又是稀有的。什么是先锋呢？是从中国当代诗歌的整体格局里跳出来，写出带有个人语感与节奏的不一样的诗歌，而不是停留在写作内容与姿态上的先锋，写作内容随着生活的流动而常写常新，姿态更多时候是外在的，这都无关紧要。要紧的是，中国当代诗人在中国写作看到的是世界各个角落，我们四处走动，获得更多的思考。我在2017年到了拉美，在两个不同的文学世界里思考，一是中国的，一是拉美的，中国的本土经验我已经烂熟于心，尤其是我个人的文学经验达到了我要的状态，拉美的文学经验我早已从20世纪80年代就开始进入，但毕竟是通过翻译来获得，当我在他们中间时，那些日夜，不同语言的朗诵与丰富多彩的拉美，先锋文学的传统无所不在。

一个中国当代诗人在拉美写作会是怎样的呢？我边走边写，留下了六七十首诗，结集为《从马尔克斯到聂鲁达》。我在哥伦比亚首都波哥大的马尔克斯文化中心感受到的是拉美文学大爆炸的气息，各种版本的《百年孤独》与马尔克斯的大幅招贴画，我都想拥有。随后到另一个诗歌之城麦德林，麦德林国际诗歌节开幕式持续到天黑的人山人海，我意识到这是地球上一个诗歌的狂欢之地。世界60多个国家的诗人聚集在一起还不是什么奇迹，奇迹是这个城市的老人、小孩与青年涌向诗歌朗诵现场，我惊愕了。

当我们飞到智利首都圣地亚哥，在孔子学院拉美中心、聂鲁达基金会，以及奇廉市圣托马斯大学朗诵时，我感受到了拉美的诗歌文化。中国的诗歌文化主要还是唐诗宋词，拉美的诗歌文化并不只是聂鲁达、米斯特拉尔、帕斯、巴列霍、卡彭铁尔、富恩特斯、科塔萨、穆尼蒂斯这些诗人，还有胡安·赫尔曼、马加里托·奎亚尔这些优秀的当代诗人，以及整个拉美民众对于诗歌的热爱，这或许与他们血液里与生俱来的性格有关，我想更多的是他们对于诗歌与生活与世界的紧密关系的认同。回来后我陆续读到了翻译家孙新堂翻译成中文的马加里托·奎亚尔的作品，他写的是中国云南之行，我很高兴我与他之间无意间形成了一个诗歌写作的互动。

拉美另一个诗歌文化高峰则是对传统先锋的反叛，今年初刚刚离世的智利诗人帕拉的"反诗歌"写作主张，在我们的当代诗歌写作中并不陌生，当然我们还可以思考与实践，他活了103岁，他的创作手法简洁，反对隐喻象征，语言上更趋口语化、散文化，与中国当代诗歌的口语化写作有异曲同工之妙，在中国广受赞誉的智利小说家、诗人罗贝托·波拉尼奥更是视其为偶像。波拉尼奥的《荒野侦探》当年在拉美引起的轰动不亚于《百年孤独》，而其身后出版的《2666》引发欧美压倒性好评。波拉尼奥说"我读自己写的诗时比较不会脸红。"对于魔幻现实主义，"现实以下主义"的波拉尼奥的评价是："很糟糕。"这就是帕拉、波拉尼奥这些大师级诗人作家的另一种不断否定与更新的拉美先锋诗歌文化。

在编选《中国当代诗选》时，我脑子里不时蹦出一同在圣地亚哥聂鲁达基金会朗诵时的三位曾获得聂鲁达诗歌奖的诗人的形象，胡须雪白如安第斯山脉的雪，他们特意朗诵了口语化的诗歌，通过翻译家孙新堂的现场翻译。我对他们诗歌的节奏与短促的语气充满了兴趣，中国当代诗歌进入拉美时遇到的首先是他们的阅读与评判。我认为，中国当代诗歌与拉美诗人、读者之间的沟通没有问题，他们迫切想听到中国诗歌的声音，我们在帕拉的故乡奇廉市朗诵时，92岁的智利著名诗人、智利语言文学院院士雷内·伊巴卡切先生一直在现场听我们朗诵，他说通过中国年轻诗人的语气与朗诵感受到了中国诗歌。

我在读乌拉圭作家加莱亚诺的《火的记忆》时，想到我们的现代性之路与拉美的道路有相似的地方，只是历史的出发点与出发的时间不同，我们面对的精神危机与出路并没有本质的不同，也就是说我们要处理的是同样孤独的文学题材。我在圣地亚哥的一个夜晚与当地一位曾经在亚马逊丛林中生活，现在像一头困兽一样的作家交谈，他面对我这个中国诗人时发出感慨："我们已经失败"。我随后以一首诗写到他复杂的情感。"我站在胡安先生家的高窗边／看到圣地亚哥在夜色里灯火辉煌／这一夜胡安先生伤感地承认／他们是失败者／而我呢／我的失败才刚刚开始"。北岛好像也承认过失败一说，我觉得我们不必掩盖失败。只有意识到失败，才能从被异化的现实中获得真实的自我，重塑历史，重塑身份，从而进行自我启蒙。加莱亚诺直接告诉读者："写作是我击打和拥抱的方式"，立场之外，不发表中立或假装中立的言论，历史之内，为一直排在历史队尾的人写作。当我踏上拉美的土地，当我置身于《拉丁美洲被切开的血管》这样的作品的背景中时，我深感我们的反思还远远不够。

　　当103岁的帕拉先生逝世时，时任智利总统米歇尔·巴切莱特在第一时间表达哀悼时说："西方文化失去了一个独特的声音。"我们"独特的声音"在哪里呢？必须在我们的诗里。

　　本诗选是第一部以中文出版后即翻译成西班牙文在拉美出版的中国当代诗选。当我在拉美几个场合问当地诗人与读者知道哪些中国诗人时，他们说出的是李白、杜甫、北岛，以后我想他们还能说出这本《中国当代诗选》中的诗人了。

　　本书以诗人出生年月的时间顺序从大到小排列，老中青几代诗人，不同的写作，呈现出当代诗歌的整体实力。感谢近年来致力于翻译中国当代文学与当代诗歌，向拉美介绍与传播中国文化和中国文学的著名翻译家孙新堂先生，他对入选作品西班牙语的翻译与审定，感谢他无私为中国当代诗人与拉美诗人之间的交流所做的大量细致与卓有成效的工作，没有他的热情联络与组织，收入本书中的多位诗人不可能来到拉美，也就不可能有本书的编选出版。我相信，因为他为人的低调、务实、沉稳与西班牙语文学的专业精神，在他与众多朋友的努力下，中国与拉美诗歌交流的国际影响会越来越大。

在此，我还要感谢百花洲文艺出版社社长、总编辑、著名作家姚雪雪女士，她对中国当代诗歌在拉美的出版所做出的努力，感谢总编室刘云女士的编辑工作。

2018 年 3 月 20 日于北京树下书房

（《中国当代诗选》，百花洲文艺出版社 2018 年 4 月中文版，智利普雷门特出版社 2019 年 12 月西班牙语版即将出版）

踩着好诗人与坏诗人的人

——《中国好诗歌》序

有的诗人一生的理想是写出让读者叫好的诗，那是诗人与读者共同喜欢的好诗，这类型的好诗，主要还是读者喜欢出来的，是浮在你面前的好诗，你努力写的就是眼前的好诗，很受读者待见，众人追着你跑，看起来蛮爽，半日点赞成千，一夜阅读上万，刊物约稿，获奖频频，如此好诗一定是好诗。其实不然，时间证明这大多是假象，越是被人喜欢的诗，越值得怀疑。怀疑是诗人最好的品格，甚至可以说是对诗人最基本的要求，如果丧失了怀疑的能力，诗歌就停止了创造的活力。

有的诗人希望自己的诗永流传，于是写起来小心翼翼，严谨的态度是好的，但写出来的诗却混杂了各种因袭的成分，看起来似曾相识，词语与诗意都是被人反复验证过了的，没有自己的气息，没有自己的想象与语言，现在所说的好诗基本是这类东西，在十年、二十年里流传的就是它了。想一想就觉得没趣，我们生活在这样的好诗的包围之中，好诗是可以制造的，好诗一出来会得到欢呼，是欢呼逼着一些写了很多年的诗人写出了大量可以获得更多欢呼的诗。

什么是好诗？好诗当然没有一个统一的标准。如果有一个标准的话，按照那个标准写出来的诗一定不是好诗。在不同的人眼里，好诗是不一样的。你认为的好诗，可能在他人看来是坏诗。别人认为的好诗，可能在你眼里是坏诗。好诗与坏诗，因人而异。如此一来，反而有意思了，于是出现了选诗人，他们以自己的认识来选出好诗，挑战不同的认识。卢辉就是其中一个。敢叫"中国好诗歌"，当然有他的道理与勇气。其实我这样说，但我能给出更有效的办法吗？我也不能，必须承认我们是在一个相对的层面来谈论诗。

什么是坏诗？反对好诗的无疑是坏诗。坏诗应有好诗所没有的异质与难度，坏诗人不受好诗人待见，他们是两个对立的人类，一见面就要打架的两类人，相互指责与谩骂，引来围观，于是就有人站队，站在好诗人一边的大多传统保守，满口仁义道德，是真善美的化身，符合广大读者的审美趣味，获得群众的拥护。站在坏诗人一边的让站在好诗人一边的愤怒，甚至仇恨与不屑，因为你与坏诗人为伍，那么你就是不道德的，你就是丑恶的。这个时候，坏诗人与站在坏诗人一边的人，要有足够强大的心理承受力。所以说做好诗人容易，做坏诗人难，做一个让读者谩骂的坏诗人更难，你首先要写出不符合常规的坏诗，让好诗人愤怒的坏诗在哪里呢？

合格的坏诗人必须抛弃好诗人身上所有的优点，好诗人的优点主要集中在可以写出符合读者、刊物、奖项与评论家的口味的好诗，并且说出让他们叫好的一套理论，这不是人人能做到的，也就是说难度还是有的，否则人人就是好诗人了。主要难度体现在好诗人要吃透受众的心理需求，要奔着"伟光正"的目标努力，尤其是要体会特定时期人们的阅读水平与理解能力，不能超越读者在此阶段所能接受的底线，更不能凌驾于读者之上，要做读者的贴心小棉袄。好诗要暖人心，充满正能量，不能打击人们脆弱的内心，不能与真善美背道而驰。好诗人要嘘寒问暖，好诗人要坚决反对坏诗人，要迎头痛击坏诗人，要引导广大读者与舆论认清坏诗与坏诗人的本质，要与之划清界限，于是坏诗人以牙还牙，与站在坏诗人一边的人迎头痛击好诗人，要与好诗和好诗人划清界限，坚决写出让好诗人痛苦的坏诗，与好诗人之间成为两个对立的水火不相容的阵容。

目前无非就是这两种人，不站队的当然为数众多，没有立场也是一种立场，没有好坏之分肯定是让人看不起的。在泾渭分明的时代，一个连好诗与坏诗都不分的人，其实是没有资格写作的，这类糊涂蛋大多心向好诗，但力所不及，连好诗人都够不上的人，要想成为优秀的坏诗人更是难上加难。

好的坏诗与优秀的坏诗人，在一个以好诗与好诗人为主流的时代，无疑是可贵的，他们处在谩骂的包围之中，虽然不会孤独，因为坏诗与坏诗人越来越多，甚至要超越好诗与好诗人了，这是让好诗人与站在他们一边的人受不了的局面，于是谩骂声一浪高过一浪，大有淹死坏诗人之势。坏诗人有过人之处，他们拥有凌驾于好诗与好诗人之上的诗歌，与你完全不同的诗歌，反对好诗与好诗人的诗歌。坏诗与坏诗人的语言表达方式，所要表达的内容，诗所呈现的面目都是原先不存在的，是课本上没有过的，是凭空创造出来的。坏诗与坏诗人是十足的怪物，让好诗人不适是坏诗人要的结果，但这不是一场游戏，这是一场关乎诗学道路的革命，搞得好就是改变诗歌历史，搞不好就两败俱伤。在当下谁都别想立马成功，真理不在你手里也不在我手里，真理永远掌握在未知的手里。

让历史告诉未来，好诗人与坏诗人，谁能留下来？历史其实说话了，坏诗改变了历史，历史上的白话诗、新诗、朦胧诗都是坏诗，但改变了历史。相对于古诗，白话诗是坏诗，白话诗人太坏了；相对于新诗，朦胧诗是坏诗，朦胧诗人大义不道，是异端，是反革命，是特别坏的坏诗人，而第三代诗歌（从民刊出道的诗人）是资产阶级自由化，是精神污染。如此一路走过的历史告诉了未来，多写坏诗，自觉成为坏诗人，才符合历史潮流。

保持沉默，埋头写作的人，其内心如明镜似的，不站在任何一边，只站在自己一边，哪怕是站在自己的阴影里，但你必须拿出你的诗歌，你的诗歌无法选择沉默，诗歌能说话，代替你说话，你是好诗人还是坏诗人，诗歌让你站队。

卢辉作为一个南方评论家，他无法站队，他又必须站队，你站在好诗人一边还是站在坏诗人一边？否则你的选本无法进行，你要面对的是好诗与坏诗，你如果选择好诗，很多读者会喜欢你，因为他们的阅读水平只能在好诗的层次，不可能进入坏诗复杂的未知的创造中，但坏诗的好，卢辉当然明白。如果卢辉与我同一条心，那么他应抛弃掉好诗转头掉向坏诗，一心一意从坏诗中找出未知的好。卢辉如很多评论家一样受到了好诗的包围与赞美，他不属于一时糊涂之人，我相信他的工作是要从好诗中找出坏诗的品质，从好诗人中发现坏诗人的潜质，如果他的工作或多或少改变了那些在真善美的康庄大道上洋洋得意的好诗人，我想他这几年的工作就没有白费劲。

在如此的情形之下，卢辉操刀的《中国好诗歌》才有得一看，他的导读充满了冒险精神。虽然他是一个坚定的人，但诗是我们要时时创造的未知，不是你说好就是好，更不是你说坏就是坏，好与坏之间往往可以反转，好诗是坏诗，坏诗是好诗，好诗人是坏诗人，坏诗人是好诗人，历史证明这不是什么秘密了。至于在此之中犯难进而犯糊涂的诗人，是喧哗的大多数，诗歌的滚滚潮流向前，唯有"激进"的"偏激"的，甚至"极端"的"错误"的才能被历史证明是有价值的。

回到卢辉与他的诗歌评判工作，卢辉写下的是一种对话式的诗歌评论，对话，意味着与作者之间形成平等的、探究的，并且得到诗的内部回应的对话。

卢辉这个人，本来不是什么评论家，他是一个诗人。他没有评论家的面具，他有言说的热情，没有言说的焦虑，他态度平和，看得出内心的丰富。他开始对诗歌发言是近年的事，他在《诗潮》等处开有"卢辉读诗"专栏，注意是"读诗"，不是批评。这是一个好的态度，读诗多于批评。批评高高在上，还有不着边际的嫌疑。众所周知，我们的诗歌批评很多时候染上了大而空的毛病，对空转，很唬人，看不出对读者有何益处，不知所云成了诗歌理论或批评的常态，导致大多数人不爱读诗歌理论文章，因为读起来费劲，并且还容易把人搞糊涂。

为了叙述方便，在针对卢辉这本《中国好诗歌》时，我尽量把我前面所讲的好诗与坏诗合并为一体，就是跨越了好诗与坏诗的世俗界线，在好诗与坏诗之间实现了反转的诗。

我所愿的是卢辉进入诗歌言说时抱着读这样反转的诗的态度，而不是去建立诗歌理论，这样他就必须要挑选这样异质的诗来读，他的言说就会建立在跨越了好诗与坏诗的世俗界线上，没有这样的诗他无以言说。我们的写作本来就忙，没有必要去搞没有意义的事。

卢辉是真的热爱读诗，"卢辉读诗"这事他做得细心又耐心，不是搞三天就收场，他持续在做，从上一本《中国好诗歌》到这本《中国好诗歌》，两年内，他读了多少诗，我不知道，但收入这两本书里的诗人至少有 300 位。也就是说，卢辉与 300 位活跃于当代诗歌现场的诗人在对话，他与 300 首诗歌样本之间建立了亲密的言说关系，他以手术刀般的解剖方式，层层剥开了诗的秘密。他的兴趣在于贴着诗歌文本言说，脱离文本的批评好做，但并不踏实。卢辉是个老实人，他的读诗工作看起来轻松随意，实际充满了智慧，看得出来这些诗是他精挑细选出来的。这些作者中有我所说的好诗人，也有坏诗人，好诗与坏诗集于一身，真实得像我们自己。

我要强调的是在写作中，我们往往很难做一个单一的好诗人或坏诗人，正如我们会写出好诗与坏诗一样，一个好诗人在某个时候可能就写出了他自己都不知怎么就写出来的坏诗。这时特别值得庆祝，千万不要顿生羞耻感，历史上这样的反转比比皆是，诗歌滚滚潮流也不例外。

在我与卢辉交往的这十多年中，我认识的他是把尖锐与温和集于一身。他有一颗或多颗虎牙，他体内是否藏有一只老虎，这只老虎在他处理具体的诗学问题时，跳出来说话。他既不厉声斥责，也不骂谁，他是在诗歌内部发现问题的人，我不知有多少次看到他的文本解读，被其新鲜的独到的观点惊住。

他说：诗歌阅读有一个"符号学"（读吴向阳：《以广州的方式怀念重庆》），我相信他的判断。他很少有居高临下的腔调，最多有一种"我读到了一首异质的诗，你们来听我讲我的理由"的心理。

我在诗歌研讨现场听过卢辉的发言，他也不是突然露出另一副面孔，严厉得像个判官或南霸天，他是全程如此，他的虎牙闪光，声调提高了八倍，并且带着爆破音与尖锐音，与他平时的状态不在一个调门上，可见卢辉对自己观点的自信，对他所下结论的坚定。与他出现在我中关村办公室里的那个人完全不同，他坐在沙发上的神态我还记得，但他是一个很有想法的男人，务实又沉得住气。

做一个踩着好诗人与坏诗人的人，卢辉的评判显得很有必要，卢辉在流水上飞，好诗与坏诗如流水，诗只有流动起来，不是一潭死水才是正常的。

2018 年 6 月 20 日于北京树下书房

请以自己的方式写作

以什么态度与眼光来看待新世纪以来的中国诗歌，决定了如何编选《新世纪中国诗选》。

先说说书名《新世纪中国诗选》。"新世纪"指 2000 年以后，是一个时间概念，"中国诗选"指面向全国的诗人诗选。虽然冠以"新世纪""中国"这样的名词，但我只是把它们当作一个时间与地域范围在使用，不在于其有多大，而在于对编选时间与对象的限制。

我认为新世纪这 16 年里，中国现代诗是最为贴近我们的心灵与身体的写作。谁写出了哪一首好诗，现在读来依然还是热的，谁的写作受谁的影响，清清楚楚。这 16 年里发生了很多事情，有的是闹剧，过眼烟云，有的改变了中国现代诗的格局，伤筋动骨。这 16 年里中国诗人对于外界从未反应得这么迅速，翻译扩大了我们的视野，又反过来进入我们的写作。从博客、论坛到微博、微信，诗人与诗歌深度介入，热闹背后尚可见少数人在寂静中写作。

我们每一个人都在这个时空里，我们的写作到底有多少进步？我们的状态是否真实有效？要准确评估与判断并不容易，有的勇往直前，干劲十足，有的突然消失，难觅新作，有的淡泊如水，有的趋炎附势，有的仙风道骨，有的奴颜媚骨……这些构成了这 16 年的诗歌现实。什么人写什么诗，什么人说什么话，虽然不完全一致，但这 16 年的丰富多元与摇摆不定，都直接在 16 年的作品里得到了印证。

为什么是新世纪 16 年，而不是 100 年？因为我觉得一个选本如果把 16 年的好作品呈现出来就已经足够了，100 年的中国新诗交给别人去总结。再说百年新诗的选本出了多种，涉及当代部分，有的选本给出的人选并不客观，甚至莫名其妙，在我看来时间还不够，让时间自己淘汰与选择最好，但由当代诗人来编选则需要公心。新世纪 16 年这个选本相对要自由，但一些诗人疏于联系，有的约稿了又迟迟没有发来，有的发来了又已经交付书稿了。一个选本在严格控制人选的前提下，就是选诗了，显性诗人的作品好选，他们的好诗一目了然，寂静诗人的作品难选，他们有一颗寂静的心，对于选本不感兴趣。

我要求诗人选择 2000 年（包括 2000 年）以后的代表作或新作 3 至 5 首给我，与其说是我们在选编，不如说是诗人自己在选编，所以准确地说本书是诗人自选集，我们只不过是从 3 至 5 首里（有的诗人发了更多）再选择而已，大部分诗人只选了 1 至 2 首，3 首以上的更少，选多选少取决于质量。有的诗人认真对待自己给出的作品，坚持自己在新世纪的时间范围选出代表作或新作，让我佩服与感动。越是重量级诗人对待自己的作品越认真，越是自暴自弃的诗人越不认真，发来的作品乱七八糟，让我厌恶。还有的人喜欢装，装的嘴脸更让人反感，不论怎么写都有腐败之气，都包含着一颗阴暗之心，于公于私都有害无益。那些朴素的、大气的、有干劲的诗人，不论写什么，写出的作品里都有一颗虔诚的干净的诗心，给人带来阅读的快乐，让我看到中国现代诗的希望。

再说说怎么写，这个问题太大了，不好谈，但又必须谈。我觉得这 16 年，最大的问题是不以自己的方式写作。大家争相以他人的方式写作，而不以自己的语言、自己的感受、自己的节奏、自己的方向写作。这样导致的结局是，中国现代诗同质化写作、因袭化写作、空心化写作越来越严重，出现了一大批相同的作品，去掉名字后你肯定以为是一个人写的，显而易见这是最大的失败。把自己写成了他人，把许多人写成了一个人或几个人，世上还有比这更愚蠢的事吗？

集中读许多人的作品，会产生是一个人或几个人的幻觉。这是跟风写作的结果，是标准化写作的结果。诗歌怎么能标准化呢？大家跟在几类标准诗之后写作，以复制标准诗为正道，获得廉价的赞美与发表机会。久而久之，丧失了诗歌的想象力，更谈不上创造能力，形成了一个排斥异端、个性与独立写作的诗坛。大家聚在一起讨论，这个不是诗，那个才是诗，表彰这个是好诗，批评那个是差诗，他们脑子里已经被一个或几个诗歌标准控制了。

这 16 年，诗歌的生猛创造力被刊物、评奖、点赞、研讨与选本扼杀了。我希望看到满园的杂草丛生，黄蜂乱飞，毒蛇吐出美妙的蛇信子，而我们的诗坛不见异己，唯有同类，利益的同盟，相互依存的审美标准被伪善的诗歌园丁修剪得整齐划一，谁是诗歌的毒蛇？谁是诗歌的黄蜂乱飞？谁是诗歌的杂草丛生？很多年不见了，那生机勃勃的诗歌景象，那自由表达自己、自由写作的场景，曾几何时转瞬即逝。

不得不承认，这些年我们自觉或不自觉地充当了标准化诗歌的制造者、跟风者与维护者，你本来是一条充满了诗歌生命力的毒蛇，现在你只是一条肉虫，安享诗歌园丁的粪便，趴在施舍者的脚下。这些年我们的写作少了反叛、冒险与突破，我们自己树立的几大国内诗歌榜样，因为创造力的贫乏，也已经羞于继续赞美了，至于国际诗歌榜样，大家争相膜拜，复制出来的诗歌产品也被人一眼看破。

任何驯服都是有罪的，任何接受驯服的写作都是窝囊的写作，应该拒绝。请以自己的方式写作，不要轻易受到赞扬、发表与获奖的引诱，这虽然是最原始的警告，但又有多少人记住了呢？还有一个警告：不要在诗歌写作上谋求同道！任何一个同道都是你写作的独特性的敌人，杀死同道，让同道变成异己才是正常的写作。

建立自己的诗歌传统，不要被一个并不成型的当代诗歌的传统所迷惑，我们所面对的当代诗歌的传统资源还相当薄弱，我们都是这一传统的创造者，而非直接继承者，还没到继承当代诗歌传统的时候。中国古代诗歌传统当然应该继承并转化为现代诗歌资源，诗经的传统，屈原的传统，李白杜甫的传统，古典诗歌传统在现代诗歌里继承了多少，谁也算不清这一笔账，在我们的写作里西方现代诗歌资源是否盖过了中国古典诗歌资源？我们每一个正在写作的人心中有数。中国古典诗歌的现代性有多少人去研究？我看倒有几个汉学家在研究；传统的现代性与未来性又有谁在实践？我看当代艺术在实践。

我认为，我们要建立当代诗歌传统，就要建立起传统的现代性，在我们的写作中去构建现代诗歌新的传统。自 2000 年以来新世纪这16 年，我们终于摆脱了诗歌意识形态的捆绑，真正进入了一个自由的创作时期。虽然干扰一直存在，但取决于诗人自己是否愿意献媚，保持独立性已经没有什么难度。只有独立写作才能建立起有别于中国新诗发展百年的当代诗歌传统，我们这两代人与下两代人处在诗歌历史的重要转折期。这是最好的时代也是最坏的时代，唯一可以坚守的底线是以自己的方式写作。

感谢本书另外两位编选参与者陈亚平与莫笑愚，如果没有他们的支持，我的工作也难以完成，再次证明诗歌需要公心。《新世纪中国诗选》截取百年新诗最近的 16 年这一段，以全国各省（区、市）为编辑构架，全书以央视天气预报播报顺序排列。所选诗人只是我们熟悉的、能够顺利联系到的，联系不到或者不在我们的视野里的诗人，我希望看到你与别人不一样的作品，如果你是我本文所描述的坚持"以自己的方式写作"的人，同时又不装，恳请与我联系，以你的好作品让我还很不满意的编选满意起来，谢谢各位的支持！谢谢出版单位编辑们的辛勤工作！

2016 年 5 月于北京树下书房

（本文系《新世纪中国诗选》一书前言，白山出版社 2016 年 9 月版）

诗是一只蟋蟀

诗是什么？对于孩子，诗就是爱。爱大自然，爱亲人，爱朋友，爱你自己，爱生活，爱世界。这是我给诗下的定义，但诗是具体的，是看得见、可以感觉到的。诗还可以发出叫声，诗就在你耳边。我要找到它，并将它送给孩子们。

我想给孩子们编选一套与他们的心相呼应的诗集。在一个人以最单纯、最美好的想象面对这个世界的时候，不可以没有诗歌相伴。但什么样的诗才适合孩子阅读呢？首先，我认为爱的诗是孩子们最需要的。因为爱，可以打开一个新的世界。

我还没有上学之前，就喜欢听草丛里蟋蟀的叫声，喜欢追着牛犊在晨雾里撒欢。上学了，我与哥哥争抢着看连环画与故事书，慢慢地我喜欢上了诗，准确地说是诗发现了我。诗在我的生活里，就像躲在草丛里的蟋蟀，它们在我似梦非梦的年龄一直在呼喊我：你过来你过来，我就在你的头发里，在你的衣服里，在你家池塘边，在你的课桌下，在教室窗外的树上。我跑去找，咦，诗真的就在那里。它那么轻盈，弹拨着细小的触须，它静止不动，它是孤独的，又是胆怯的，它需要我去触动它，于是我在本子上歪歪斜斜地用铅笔写下了第一首诗。

我发现诗是会叫的，只要我捕捉到了它，诗就在洁白的纸上跳跃起来，向我扭动着，向我飞过来。它有时吵闹，有时安静。诗是我的

120

想象，是我最初的文学作品，是我看到的周围的新鲜东西，是雨滴打在眼睛上，是青草割破了我的手指，是我睡着时风从我的胸口上吹过。诗围着我跳舞。

我从小就感受到了诗给我带来的快乐，越小越能享受诗的简单、明快与自由。我从 1985 年开始写真正意义上的现代诗歌，故乡的一切都可以进入我的写作，那里是楚辞的故乡。现在读来，我那时的诗里有音乐与节奏，有一个乡村少年的忧郁与快乐，有我对吟唱风格的浓厚兴趣。但人总是要长大的，我吸收了现代诗歌里更多的营养，我阅读到了国外翻译过来的现代诗歌，那些经典诗歌在我成长过程中给我带来了意想不到的收获。诗歌语言就像一颗干净的露珠。而我依然是那只躲在草丛里的蟋蟀，我如饥似渴地吮吸着露水。现代诗歌在我青春成长过程中向我打开了另一个美妙的世界。

诗是柔软的，像夜色慢慢沁入梦里。诗又是黎明，穿过漫漫长夜来到我家门外，它一点点从窗子缝隙透进来，照在我的被子上。哦，天亮了，该起床了。于是一家人穿衣起床，用清水洗脸。那个时候，诗就是滑过我面额的清水，就是迎面照射而来的朝阳。

诗是爱，只要你愿意接受它，它就会成为你成长的一部分。诗是那只在你熟睡时还在唧唧叫唤的蟋蟀，它不知疲惫地给世界一种轻柔的声音。诗在告诉你，你不是寂寞的，你的内心有诗一直醒着。

（《读首好诗，再和孩子说晚安》全五册，东方出版社 2018 年 2 月版，
本文系第一册《爱的诗》序）

把诗抱在怀里

向大自然学习写诗，当一棵树在风中摇摆，它是一首诗；当一朵云飘在山巅，它是一首诗；当你从树下经过，你和摇摆的树一起成了一首诗；当你爬上山巅，你触摸到了那朵云，你要飞起来，此时此刻，你就是一首诗。

大自然里四处充盈着诗，准确地说诗意无所不在，但怎么看不到诗呢？不！你看见了，小草从泥土里冒出来了，你蹲下身来，与它对话："小草你好呀！你的妈妈呢？你的早餐呢？"你说的这些话就是诗。你只需要记录下来，以文字的形式保留你的想象。将你的话、你的想象写到纸上，你就完成了一首诗。

写诗其实很简单，只要你拿起笔，写下你的第一首诗，那么第二首、第三首……第一百首诗就跟着你的想象，像一群你拦都拦不住的小羊羔，扑向你的怀里，因为诗是嗷嗷待哺的，而你就是诗的妈妈，你要给诗喂草，你要心疼地把诗抱在怀里，看着它长大。

写诗就像养小动物一样，你内心需要有爱。你要爱惜它，并且和它产生感情。当它忧郁孤独时，你要陪着它。当它高兴时，你要和它一起玩耍，当它睡觉时，你也要进入梦乡。诗是和你融为一体的，你就在诗的世界里。

你的呼吸，你的歌唱，你的喃喃自语，你的哭泣，你的欢笑，都是你的诗。你的任务是抓住它，不要让它一个人在那里孤独地坐着。你要勇敢地走过去，你要和诗说话，你要抚摸它，把你的爱给它，让它感受到你的温暖，让它随着你翩翩起舞，就像一阵风，它吹动了池水，诗就是池水上的鸭子，它拍动翅膀，在水面浮动，突然飞起来了，它就是一首大自然里最有活力的诗。

你会喜欢上大自然的声响。下雨了，你趴在窗台边看天空哭了，花朵在雨中吐露出新的花蕊，欢乐与忧伤都是美的，都在一点一滴进入你的想象。你的想象就是大自然的诗，你不要让诗跑了，你要把诗抱在怀里。

童年的生活，如果有诗的记录，你将会发现那是一个属于自己的世界。想象是你的，每一个想象都有一个故事，你走在雨后的泥土上，你的脚板痒痒的，你的鼻孔也是痒痒的，你呼吸着新鲜的空气，你一定要马上写下此时此刻你看到的、你感受到的世界。你行走在诗松软的泥土上，你脚板上感觉到的就是诗，你鼻孔里痒痒的感觉就是诗的感觉，你呼吸的新鲜空气就是大自然的诗。

诗来到你身边，它试探着你。咦，这个孩子是诗的朋友吗？这个孩子爱我吗？诗正在进入你的身体，你感觉到了诗的到来。它是那么微小，又是那么强大，微小到如一根发丝，强大到如惊雷。你感觉到了诗的微妙，它在一点点唤醒你幼小的身体与敏感的心灵。

孩子，你就是那个在窗台边写诗的人，你就是那个在雨后泥土上和诗一起行走的人，你就是那个听到了诗的惊雷给你想象与力量的人。

不要放过每一个来自大自然的细小的声响，不要对大自然说我没有看见诗。诗是树，诗是山巅上的云，诗是池水中的鸭子，诗是雨后的彩虹，诗是你自己，因为你与你的世界拥抱在一起，诗就在你怀里。

（《读首好诗，再和孩子说晚安》全五册，东方出版社2018年2月版，
本文系第二册《大自然》序）

亲爱的孩子

九〇后诗人李柳杨刚刚长大成人，她有这样一首诗：

亲爱的孩子

你的唇是柔软而神秘的鸽子

在夜幕掩盖的屋檐下

波动如清脆的铃铛

你的鼻翼似海浪

轻轻一呼

便溢满了整个宇宙

你那熟睡时可爱的面庞

是一棵茂密的大树上可以漏下的

少有的光

　　她说："每个孩子都是一颗小小的星球。"是的，每一个孩子都拥有无与伦比的想象，就像一颗小小的星球，你拥有它便拥有了未来，在你脆弱时，诗就是你的力量。不管是孩子，还是成年人，诗的想象会让你变得与众不同，你在想象的世界里无所不能，你有翅膀，你能飞翔，你有爱，你能抵抗忧伤，你在想象的世界里自由走动。

在我们的成长中，除了欢笑，也有困惑与烦恼，诗的介入让你变得更加自信。你就像一个生活的观察家，你把所知所感通过诗表达出来，诗就是你"熟睡时可爱的面庞"，诗就是"一棵茂密的大树上可以漏下的／少有的光"，亲爱的孩子，你是世上最好的诗。

是诗教育了我，让我成为一个善良的人、一个热爱想象的人。是亲爱的孩子教育了我，让我成为一个敏感的人、一个人到中年还有童心的人。这就是诗的魔力。

丧失童心是我最害怕的事。一个人为什么会变得毫无情趣？那是童心没了。一个人为什么莫名痛苦？那是童心没了。一个人为什么没有了想象？那是童心没了。保持童心，就是保持生命的活力。

活力体现在你对事物是否敏感，就像热水流过，你感知到了热。如果你是麻木的，再烫的水对你也无济于事。所以我要说孩子是最好的诗人，孩子与世界的关系，敏感又细腻，每一个细小的变化，孩子都能感知到。孩子有一颗诗心，这颗诗心依附在树叶上，风一吹，诗心就会颤抖，这颗诗心慢慢打开，就像破土而出的幼苗。一切都是动人的，在诗的光芒里。

诗的"鼻翼似海浪／轻轻一呼／便溢满了整个宇宙"。诗又是强大的，似海浪涌向天边，你生命的能量"便溢满了整个宇宙"。所以我要说不是我在教孩子如何写诗，而是孩子的生命告诉我什么是诗，什么是诗意的生命。

当一个人伤痕累累地回来时，只要看到孩子清澈的眼神，就会忘记伤痕。当一个人面对孩子的纯真时，他会把忧愁先放一边。所以要多与孩子在一起，从孩子的身上可以学到善良、想象与天真。

向孩子学习诗的思维。孩子对新鲜事物的好奇，对未知世界的渴望，在成年人那里被世俗事务挤压，没有时间留给想象。也就是说许多成年人根本感知不到诗，以为它只是课本上的一篇古诗文，一首在公司年会上朗诵的打油诗，一首在微信上群发的分行文字，甜蜜得像假的。其实那不是诗，因为它没有真实的生活，不是发自内心的想象，是经过华丽词语包装、具备了心灵鸡汤疗效的被误导了的诗。

所以我要告诉孩子什么才是真正的诗。真正的诗就是你自己，你自己的所思所想，你自己感知到的世界的每一丝变化，你写下来的这些真实的感受就是你的诗。

当然，我最想告诉孩子与家长，你的孩子才是世上最好的诗。孩子说的话，孩子的表情，孩子的动作，都是诗。你只要引导他写下来就是，那些阻止孩子写诗的人一定是生活的失败者，一定是毫无诗意的人。

我们要尊重孩子身上每一个诗意的存在。

（《读首好诗，再和孩子说晚安》全五册，东方出版社 2018 年 2 月版，本文系第三册《梦想与信念》序）

认识你自己

我还是孩子的时候，对于自己，隐隐约约知道一些。我知道我在长大，但不知道我将会长成一个什么样的人。

古希腊哲学家苏格拉底说："人啊，认识你自己。"阿波罗神殿上刻有七句名言，其中就有这一句，它点燃了希腊文明的火花。

认识你自己，是一个古老的哲学命题，但在诗歌这里，却万古常新，蕴含着诗意的智慧。因为写诗与读诗就是认识你自己的过程。你在写诗与读诗的过程中，会惊喜地发现自己成长的秘密。诗是一道光，突然就照亮了前面的路。你看见了你自己，那么小，一步步向前走着，诗在前面引导着你，诗里有一个你，也打着手电筒。诗的光柱晃动，明亮而悠长。

给孩子们读的诗，并且是在孩子们临睡前读的诗，读完后再说晚安的诗，是什么样子的呢？孩子已经穿上了睡衣，一天的生活就要结束，世界变得安静，白天的喧闹已经退去，窗帘拉上了，灯光即将暗下来，爸爸妈妈此刻坐在床边，孩子呀你想读一首什么样的诗呢？

读一首认识你自己的诗吧，读一首长着翅膀的诗吧，读一首像被子与枕头一样干净、柔软、温暖的诗吧。

于是我着手从百年中国新诗庞大的群体里寻找适合孩子阅读的诗歌。我不需要那些充满说教的作品，也不需要简单的不经过思考的作品，我想要找到充满智慧且个性化的作品。语言必须是想象的语言，口语化的表达最适合孩子们的思维。不要那些与生活没有关系的，与生活隔了一层的作品，对孩子的想象、语言与爱没有启蒙价值的作品也不必收入。我编选的是当代诗人的作品，包括出生于 2000 年以后的小诗人的作品，比如铁头、张心馨、游若昕等孩子的诗。他们都是写诗多年的小诗人，他们的成长是诗的成长。从他们身上我看到了属于他们这个年龄的诗是什么样子。

我把主要篇幅给了当代诗人，真正优秀的诗人无法掩饰那颗跳动的童心、干干净净的诗心，比如张执浩、蓝蓝、李笠、余笑忠等人的某些作品，就特别适合孩子阅读，因为他们写作时怀揣了一颗轻柔的童心，并用相对透明的语言转化为爱。请读李笠的这首诗：

给十五岁的西蒙

你穿上我的衬衣，对我挥拳：老头，来，练一招！
是，你已高出我半头
你曾骑在我肩上，像新枝，穿越罗马的暴雨……

十五岁！十五岁时我只会说沪语
而你已会说三种语言
十五岁时我只到过你祖母的家乡，而你已游历了三十个国家

你对着镜子摆着少林武功的姿式
但镜子并不展示未来

你昨天想当警察

今天说要当军人，去平灭恐怖分子

依我看，你更适合做演员

但不管《仲夏夜之梦》你演得如何出色

不管最后你怎样从梦中醒来

世界都不会改变。上海下雨，斯德哥尔摩下雪

　　诗人为儿子的成长而高兴，一代人与另一代人的成长各不相同，"不管最后你怎样从梦中醒来／世界都不会改变"，深刻的喻义，未来有无限的可能。李笠的孩子生活在一个国际化的家庭，孩子认识自己的过程与我们当时并不一样。在这里诗人是孩子的父亲，他通过诗记录孩子的成长。我想说年轻的父母，要学会给你的孩子读诗，如果能以诗的形式与孩子一起记录孩子的成长，那将是一件特别有意义的事。

　　适合孩子阅读的外国诗人的作品并不在少数，但为了取得翻译的授权，我经过多方的联系，收入了一部分。比如当代诗人伊沙翻译的美国诗人布考斯基的诗，他在《外星人》中写外星人的生活："他们是安定自如不被打扰的／经常感到／幸福"，这样的诗让中国孩子了解到另一种诗意的想象。

　　文艺复兴时期的法国思想家蒙田说，世界上最重要的事情就是认识自我；现代德国哲学家卡西尔认为："认识自我乃是哲学探索的最高目标。"我要说的是认识自我，是可以通过诗做到的。诗就在你身上，你就是诗。

（《读首好诗，再和孩子说晚安》全五册，东方出版社 2018 年 2 月版，

本文系第四册《认识我自己》序）

我遇见一个天才

《我遇见一个天才》是美国诗人布考斯基的一首杰作，由中国当代诗人、翻译家伊沙与老 G 翻译。诗是这样的：

我在火车上遇见一个天才

大约六岁

坐我旁边

火车

沿着海岸风驰电掣

我们来到海边

然后，他望着我

说：

"海一点都不漂亮"

这是我平生头一回

认识到

这一点

诗人把一个在火车上遇到的六岁孩子称为天才，因为他说出了"海一点都不漂亮"的真话。现代诗就是写出你所看到的事实，这正是伊沙提出的"事实的诗意"的体现。

我们的家长与孩子平时看到的诗,很多都没有说出真话,而我们往往把虚假的诗意看成是好诗,那真是大错特错。真正的好诗出自孩子一样明澈的眼睛,一点都不能撒谎,要尊重孩子的天性,孩子怎么说诗就是什么样。

叙事是诗歌最基本的方法,从《诗经》开始,一直到中国新诗的第一人胡适,诗歌首先要把事情说清楚,其次才是在事实的基础上表达出你的感受,也就是你的情感。胡适的方法是"话怎么说,诗就怎么写",白话文解放了古文,让诗回到了生活现场,并且写出与我们息息相关的真实的生活场景。

布考斯基只是记录了在火车上遇到的六岁孩子的话,诗就在孩子的真实发现中产生,而我们以往对大海多么漂亮的描述被孩子的眼睛否定了。说出你的内心,保持独立思考的习惯,是一个人成长为现代人的必要条件。生活会教给你世故、圆滑、妥协与无趣,但你要保留内心的诗意,相信诗意会让人变得更美好,真正的美好是爱与真实,而不是其他。

天才是谁?天才就是那个说出真话的孩子。他以自己的头脑思考,以孩子的眼睛看这个经过了变异的世界。我们从孩子的话里找到了久违的真实,回到孩子的世界,做一个像孩子那样真实的人。

另外,我还想强调生活是快乐的,虽然我不能否定痛苦的意义,痛苦也是人的一部分,但生活的本质是快乐的。在这一册里,我还收入了写快乐的诗,请读葡萄牙诗人佩索阿的诗《你不快乐的每一天都不是你的》。

你不快乐的每一天都不是你的

你只是虚度了它。无论你怎么活

只要不快乐，你就没有生活过。

夕阳倒映在水塘，假如足以令你愉悦

那么爱情，美酒，或者欢笑

便也无足轻重。

幸福的人，是他从微小的事物中

汲取到快乐，每一天都不拒绝

自然的馈赠！

　　这首诗是当代诗人、翻译家姚风翻译的。其实让自己快乐起来，你不需要太多，佩索阿告诉了你秘籍，那就是"你不快乐的每一天都不是你的"，"幸福的人，是他从微小的事物中 / 汲取到快乐，每一天都不拒绝 / 自然的馈赠！"诗如透明的琥珀，当你凝视它时，你看见了另一个自己，你是透明的，你是快乐的，你"从微小的事物中 / 汲取到快乐"。

　　一个快乐的孩子，一个凝视自己的孩子，一个说出真话的孩子，一个在诗意充盈的世界里独立想象的孩子，那他就是我羡慕的天才。

　　(《读首好诗，再和孩子说晚安》全五册，东方出版社 2018 年 2 月版，

本文系第五册《成长的滋味》序)

现场对话

每一个诗人与艺术家都应该是一座孤岛

唐晋：为什么会有这一组诗《陌生的房间》？

周瑟瑟：这组诗是我提出的"诗歌人类学"与"走向户外写作"的结果，虽然以《陌生的房间》为名，但实践的是我不断解放旧有诗歌语言系统，挣脱纯粹的抒情而企图建立新的诗歌语义的作品。

唐晋：五月份在潞城晋柳诗歌研讨会的诗学交流上，你提到一个问题，概括而言，就是一位当代诗人的作品如何建立起与"当下"的关系，体现出一种鲜明的、果决的、极具倾向性的"在场"态度。我大概记得你表示，当代诗歌的主要问题，就是没有一个建立于我们生活基础的写作，还是建立在一个阅读层面的，以及建立在经典话语基础上的写作。阅读你的诗作，考虑到你的诗学态度，我想请你结合自己的创作，进一步谈谈你对上述问题的思索。

周瑟瑟：经典化写作中有一种隐形的惰性，以他人成功的写作为标准，以他人的经验代替了自我的经验。建立在经典认同上的写作对于我来说远远不够，我看到了太多的同质化、平庸化写作，都是因袭经典的结果。我所说的建立在"诗歌人类学""田野调查""生活现场"的写作，就是对经典化写作保持一定的警惕，与当代诗歌的现有标准保持一定的距离。创造新的当代诗歌文明对于诗人来说更加重要。至于经典或标准，它是一个需要时刻绕开的奇怪的东西，没有通过我的眼睛发现的生活，没有通过我的感悟创造的经典标准，对于我来说并无意义。

唐晋：《寒夜忆父》，这是一首让我心情变得非常复杂的诗作。今年也是我的父亲离去整整三年。奇怪的是，我的感觉里始终没有父亲已然不再的信息，包括梦。我多次梦到过父亲，潜意识里依然没有一点儿"死亡"的概念。不过，仅仅是这样的一种同构，也不是你这首诗的真正价值所在。我读到一种"淡"，千帆过尽的淡，甚至有些终极的感受，那就是"零的价值"。

周瑟瑟：归零的写作，也是我重新开始的写作，死亡是最好的教育，玛雅人认为从生到死犹如朝露一样短暂，父亲在诗里是一种新的召唤，活着是对死者精神的延续，肉身不在了但精神在儿子身上重现。"诗歌人类学"是对人类生命与死亡的记录，个人史构成了诗歌当代史，人的生命状态就是诗歌语言的状态。什么人写什么诗，语言的气息是诗的呼吸，你读到的"淡"正是我近年在语言中修炼的形态。如何处理死亡与生命的重与轻，就是如何处理当代，处理好了就解决了诗歌是否有创造的难题。

唐晋：《磨镜台》让我想到你所说的"简语写作"。我们知道，"简"固然是一种难度，其实更是一个态度。就口语写作来说，"简"可以是最基本的呈现，也可以是最无力的呈现，每个写作者的能力和标准都在不同程度地诠释、丰富着这个词的意义。"删繁就简"某种角度与"衰年变法"可以并提，我的理解是，有时候并非力不从心，而是所看所写已然太多，更多的味道藏在"空"里面，是一种意的浓缩。另一方面，"要旨"的突出不如"唯一"，"简"的目的也在于此。

周瑟瑟："简语写作"是想让诗回到人类元初的形态，说最简单的话写最本真的诗。胡适当年所阐述的"话怎么说诗就怎么写"，解决了如何从古典向白话诗转型的问题，确定了新诗语言的表达方式。口语与书面语共生于我们的生活与写作中，只需根据自身的需要选择我们愿意使用的语言。我近年努力创造属于我的"私人口语"，它由我的楚辞传统方言、当代口语，以及根据不同的诗歌语境使用不同的语速、长短句、诗的不分段形态、多声部混杂过滤之后的"极简"语言构成。"元诗歌简语"首先是我的精神存在状态，然后才是我的一种消解原有的语义，再去建立一种新的诗歌语义的写作。有很多人看不出我所要的东西，往往存在很多误解，因为它与现在的经典和标准化诗歌不一样，许多人并不知我要干嘛，我的诗对他们来说简直就是乱写，甚至不是诗。这是他们在我这一方向上的盲区，或许永远不会知道我创造的快乐，但快乐已经在我的写作中产生了，我享受我创造的快乐，这就够了，如果别人不爽那就不爽吧。

唐晋：北欧是个好地方，我一直忘不了北欧五国三岛联合标志上那些振翅飞翔的天鹅们。《特罗姆瑟》显然是你出访后所得。"看动画片"和"捕鲸"是一种并置，时间和空间的并置，一个是"看动画片"的时间和空间，一个是"捕鲸"的时间和空间。你只是陈述这种并置的存在，表现出观察家的冷度。显然，目前来说，这两种都是生活的常态，只不过大致去想，一个是生的常态，一个是死的常态。物种的意义就这样藏在并置的场景背后，而尤为麻烦的是，你恰恰在"看动画片"中意识到了这一点。

周瑟瑟：当代诗歌还有很多未知的边界，我们能走多远，当代诗歌的边界才会有多大。我试图通过完全陌生化的写作来扩大当代诗歌的边界，每一次"走向户外的写作"都是一次挑战，我看到了另一番景象，我看到不同的人群，他们不同的生活，我如狼似虎地写下来，是不愿意错失陌生化的生活。你看到了我在诗中冷静的语言状态，事情本来就是这样的，我不必强行改变事物本来的面貌，残酷的与天真的都在这首诗里，历史与现实，梦幻与未知都在短短的几行诗里，我不必在诗里说得太多，克制的语言在此最有效果。

唐晋：《割鱼舌的孩子》与《特罗姆瑟》有着必然的延续性，相比之下，你尽量地把这个当作地方风情来表述，当然，你还有你潜在的意味。北欧捕捉鳕鱼的历史相当长，因为鳕鱼引发的战争也不少，不过我们只知道它的煎烤味道。在争议愈来愈大的"捕鲸"衬托下，"割鱼舌"简直不值一提，因为它已经是这里生活的一部分，它已经是"习惯"。虽然我现在仍然不知道割下来的鱼舌有什么另外的用处，不过经验使然，就像众多的猪舌、牛舌、鸭舌一样，对于人类而言，它们具备着"器官价值"。很多时候我们很难弄清楚我们的底线，正如自然界的法则是排除人之后的一种建立一样，在与物种的共生状态中，人类总是以自我的需求为至高准则。当然，按照达尔文的学说，过去北欧的人类因为取暖，我们能够理解他们去掠夺北极熊、北极狐的毛皮；因为饥饿，去捕捉鳕鱼以及其他，等等。那么"鱼舌"呢？我们历史上有著名的熊掌、鹿唇、豹胎、猴脑、虎鞭、蛇胆……尽管很多民族不论是出于禁忌也罢，总是形成了一些仪式给被捕猎者灵魂层面的生命尊严，但"挪威的孩子／比世界上其他孩子／一生中多了／割鱼舌的快乐"，这样的"快乐"里面，会有哪怕一丝儿的"生命"概念吗？

周瑟瑟：你提出的是当代诗歌有意思的话题，这正是我写下这首诗的理由。未知的生活是我近年最大的写作动力，人类在未知中解决了自身的生存，把人类的历史往前推进，我的全部写作最后指向的都是"诗歌人类学"的困境与出路，人类的困境与出路就是诗的困境与出路，没有人能逃脱得了。"生命"有各式各样的乐趣，包括这首诗写到的孩子们"割鱼舌"比赛的快乐，不同的族群有不同的生活，都是"诗歌人类学"的一部分，我有理由靠近它们，但诗并没有结论，甚至很难有"生命"的价值判断，未知的部分就是诗。

唐晋：这一组作品里，你有不少着眼于"人"，古人，今人；陌生的，熟悉的，至亲的。我记得你喜欢说的一个词是"回报"，拿什么来回报种种。从山西离开后，你写了很多诗作，相当不错。我认为你是有"情结"的人，或者说，你是容易产生"情结"的人，你怎么看？

周瑟瑟：我这样的写作是不断寻找人类困境与出路的写作，诗歌就是"回报"，对人类困境与出路的"回报"。建立在人类原居环境下的"诗歌人类学"，这种经验被现代社会所遗忘，或者被传统文化掩埋掉了。诗歌是人类学的一部分，诗歌构成了人的历史与现实。我对人类的生存经验感兴趣，我把写作的重心放到了人类的生存经验上了，我所实践的"诗人（诗歌）田野调查"并非通行的"采风"，而是以口述实录、民谣采集、户外读诗、方言整理、问卷调查、影像拍摄、户外行走等"诗歌人类学"的方式进行"田野调查"与"有现场感的写作"。"诗歌人类学"是一种写作方法论，更是一种古老的诗歌精神的恢复。当代诗歌更多依赖于个体的感性，当然感性是最天然的经验，获得经验的方式有一条重要的途径就是走向户外，进入"诗歌人类学"的原生地带。你所说的"情结"由此产生。

唐晋：在潞城，你强调诗人们一定要大量创作，量中选优，这与我的观点颇为吻合。我强调的是保持写作，因为中断了写作是一个非常错误的事情，它会将你之前所有的努力价值变成零。当然，写作也不一定都意味着要去发表，事实上很多诗人已经不再是需要靠发表来证明自己的层次了。根本的问题还是最基本的——能不能写出来，写出来的是什么，写出来的有什么价值或意义？如果我们把自己的写作视为一个独立的文学史的话，这几个问题便是有意义的。否则，有那么多空白的页面等待你发表，那么多奖项等待你去获得，我们也就没什么可说的了。好的瑟瑟，有机会再来。

　　周瑟瑟：每一个诗人与艺术家都应该是一座孤岛。事实上只有成为一座孤岛，才会有写作的价值或意义。只有在孤岛上的大量的写作才会有价值或意义。你的诗歌、小说与艺术都是一座孤岛，我与你第一次见面，但你的沉默或言说，都形成了孤岛效应，在孤岛四周有流动的海洋。我们终其一生，无非是要在大海里保持孤岛的状态，写作与艺术的创造在海平面之上，孤岛孤悬于大海中，众人达到孤岛时，你就要逃离，你就要到大海深处去建立新的孤岛。我刚从渤海回来，我被吊到大海中高高的钻井平台上，人类的孤独只有在茫茫大海才有价值或意义，只有成为一座孤岛，我才感受到了自我的价值或意义。

　　（《山西文学》2019 年第 8 期与唐晋的"小对话"）

中国当代诗歌还有先锋吗？

我刚编选了一部《中国当代诗选》，原来的书名叫《中国当代先锋诗选》，我还是把"先锋"去掉了。这部书要拿到国外出版，有中国当代诗歌向外亮相的意义，但打上"先锋"的标签，有点脸红。

2017年7月我在哥伦比亚的麦德林当代艺术馆，一进大门看到一个中国艺术家的装置作品，一辆坦克、越战将军、女民兵，一个男孩用弹弓在打美国使馆的玻璃窗。那是当年的一个新闻事件，坦克上散落更早年代的反美画报，现场播放一首战争歌曲，典型的波普艺术作品。这涉及全球化背景下的当代艺术的问题。拉美当代艺术家是怎么做的？我进到一个房间，黑暗中一束光打过来照着我，一栋摩天大楼的影像里面透出夜晚的灯光，从头到尾就是灯光发出来的嗡嗡的声音，这栋大楼嗡嗡的声音持续在响，给我造成了压迫、恐惧与震撼，但我被它迷住了。什么是现代性与先锋性？这就是。在现代化进程中人与物的裂变。

我进入第二个房间，一排早期机械革命时留下的机器，正在切割光线，打到墙上出现了奇幻画面，我就站在那些被切割的光线里。他们的当代艺术思考的问题和我们的当代艺术的批评和解构不在一个层面。

这是我第一个要说的。第二个我要说的，我们20世纪80年代的先锋文学启蒙来自于拉美的文学大爆炸，产生了中国文学的新浪潮，但是我们到此为止了，完蛋了。大家不再谈论先锋了，换了一个时髦的词"现代性"。先锋难以为继，先锋成了我们的传统。我想说的是先锋要不断否定、颠覆与更新，而我们没有。我们更多时候是做了移植、嫁接、二手复制，甚至抄袭的工作，中国当代诗歌变成了在中国的欧美诗歌、俄罗斯诗歌，我们还沾沾自喜。

我们处在不断挖掘诗歌语言深度的当代写作中，对于诗歌来说先锋永远是一种常态，但在当代诗歌里确实又是稀有的。什么是先锋呢？是从当代诗歌的整体格局里跳出来，写出带有个人语感与节奏的不一样的诗歌，而不是停留在写作内容与姿态上的先锋，写作内容随着生活的流动而常写常新，姿态更多时候是外在的，这都无关紧要。忘记先锋，去写不存在的诗歌，挣脱掉过去我们所能看到的先锋，写出还没有被发现的语言，打破先锋的传统的枷锁，让自己的写作孤立于众人之外，从众人的喝彩中走出来，所以，真正的先锋永远是孤独的，当你被众人包围与认同时，你一定要抽身而出。

我想以拉美先锋文学的不断否定与更新为例，来谈当代诗歌的先锋性话题，拉美魔幻现实主义文学大爆炸在 20 世纪 80 年代给我们的先锋文学带来了巨大的影响，但是聂鲁达、帕斯、巴列霍、富恩特斯、科塔萨、穆尼蒂斯这些诗人又很快建立了新的先锋。丰富多彩的拉美，先锋文学的传统无所不在。拉美另一个诗歌文化高峰则是对"传统先锋"的反叛，今年初刚刚离世的智利诗人帕拉的"反诗歌"写作主张，在我们的当代诗歌写作中并不陌生。他活了 103 岁，他的创作手法简洁，反对隐喻象征，语言上更趋口语化、散文化，与中国当代诗歌的口语化写作有异曲同工之妙，在中国广受赞誉的智利小说家、诗人罗贝托·波拉尼奥更是视其为偶像。波拉尼奥的《荒野侦探》当年在拉美引起的轰动不亚于《百年孤独》，而其身后出版的《2666》引发欧美压倒性好评。波拉尼奥说："我读自己写的诗时比较不会脸红。"对于魔幻现实主义，"现实以下主义"的波拉尼奥的评价是："很糟糕。"这就是帕拉、波拉尼奥这些大师级诗人作家的另一种不断否定与更新的拉美先锋诗歌文化。

我在读乌拉圭作家加莱亚诺的《火的记忆》时，想到我们的现代性之路与拉美的道路有相似的地方，只是历史的出发点与出发的时间不同，我们面对的精神危机与出路并没有本质的不同，也就是说我们要处理的是同样孤独的文学题材。从被异化的现实中获得真实的自我，重塑历史，重塑身份，从而进行自我启蒙。当我踏上拉美的土地，当我置身于《拉丁美洲被切开的血管》这样的作品的背景中时，我深感我们的反思还远远不够。

所以说我要反思的是：第一，中国四十年的当代文学、当代诗歌背后是整个社会的现代化进程，但又是与社会的现代化进程背道而驰的，是后退的，所以我要强调年轻的、边缘的、与主流诗歌不在同一跑道的力量，这支力量是非常可贵的。我们要少去欧美而要多去拉美那些边缘的地方，看看拉美文学强劲的生命状态。他们的生命状态是饱满的，我们的主流文学透露出人的慵懒状态，现代诗人好一点，小说家更慵懒。拉美作家不是这样。

第二，要成为"全集"型的诗人，而不是"精选"型的诗人。所以我现在开始往写作量上走，当然会有不少废品，但是必须要写，要敢写。金斯堡的最后一首诗是1997年3月20日上午写下的，《以后再也不会做的事（乡愁）》，像金斯堡、布考斯基这样的大师，他们到死都在写作，他们一生的创作有丰富的色彩，而我们就很单调，你坚持一个观念、坚持一个标准就那样写到头，这是愚蠢的。我最烦的是那些小心翼翼，生怕写坏了一首诗的诗人。

如果你的写作和你的生命状态不在同一跑道上，那你一定是一个差劲的诗人。我觉得许多诗人对自己的写作不够真诚，也热爱不够。尤其是那些大行其道的心灵鸡汤式的诗人，他们获得再多的社会好处，获得再多的大众喜欢都是白费劲。我说退步的正是指那帮人，他们写下的慵懒的文学正在毁掉几代人，他们最为反感与不适应当代诗歌的先锋性写作。

《新世纪先锋诗人三十三家》是一个样本，是李之平创办的微信公众号华语实力诗人巡展的结果，李之平从多个侧面试图呈现当代诗歌不同的语言走向，本书的诗人选择基本上做到了每一个人都有所不同，我最反对同质化写作，最愿意看到异质的写作，语言的实验与孤独求败的写作，才能创造出新的先锋。

（本文系在北大中国诗歌研究"当代诗歌与先锋性论坛暨《新世纪先锋诗人三十三家》分享会"上的发言摘要）

诗的怀抱

"诗"这个字，包含了"言"与"寺"，我的写作无不是在"言说"，我的心在广阔的天地间行走，宇宙之大，大不过精神的庙宇。心中有寺庙，诗的言说趋向与宇宙万物同构。

《尚书·尧典》中说："诗言志，歌永言，声依永，律和声。"这是一幅古老而永恒的画面，诗的唱和是中国社会最为古老的传统。诗歌浸染了中国人的历史与情感，诗歌甚至是古老中国的生活方式。诗歌与精神的关系从来都是紧密的，诗歌与人的生存状态始终融为一体。

在孔子时代，"志"指向政治抱负。孔子又以"无邪"来谈《诗经》的雅正。宽阔的怀抱，雅正的言说，这正是诗歌永恒的价值，是"诗言志"的伟大意义。

在现实的冲突与战争、贫穷与死亡面前，诗的言说显得格外重要。我手写我口，每一天我都会以诗介入精神的现实，每一刻，诗都在我的生命里飞舞。我以诗的方式去记录现实，以诗的节奏去接近心灵的感受。这便是"我手写我口"的法则。

回到诗的怀抱，人在诗意里栖居，这是诗带给我们的理想。

如果没有诗对于心灵的介入与激发，我可能是一个无趣的人，甚至是一个枯燥的人。诗让我重新认识了自己，诗甚至是我认识世界的一种方式。当然，诗是我日常生活的基本状态，因为我把日常生活全部写到了我的诗里。生活就是我的诗的"寺庙"，在生活里写诗，是一个中国当代诗人的选择。

世界并不平静，诗歌中的日常经验也必须真实听从诗人内心的召唤。在一个全球化语境的写作中，我时常关注世界各地的冲突。因为今年要去哥伦比亚参加第 27 届麦德林国际诗歌节，我了解到哥伦比亚与武装力量 FARC 签署了和平协议，52 年的武装冲突终于停止，但25 万人死亡，800 多万人受到战争的伤害。冲突与和解，这就是我们今天的现实。"……在贫困时代里，诗人何为？"荷尔德林在哀歌《面包和酒》（Bread and Wine）中如是问。我们生活在一个世界地缘政治形成的多极化格局中，和解之路漫长，而诗的距离就在我们每一个人的内心，所以爱尔兰诗人希尼才认为："在某种意义上，诗歌的功效等于零，从来没有一首诗阻止过一辆坦克。在另一种意义上，它却是无限的。"

"礼之用，和为贵"，孔子既强调礼的运用以和为贵，又指出不能为和而和，要以礼节制之。和解与诗意是什么关系？个体与世界又是什么关系？我认为是同构的关系，我甚至认为，世界的同构性就是诗歌的现代性。我一直在想，我们可不可以有家国同构？人与人之间个体的内心同构？个体与世界之间的诗意的同构？

如果能够实现"诗意的同构"，就能够回到我所说的"心中有寺庙，诗的言说趋向与宇宙万物同构"的理想国，我们就回到了诗的怀抱。

诗人导演周瑟瑟访谈：我反抗没有理想的生活

——《玩手机》杂志记者夏阳微采访周瑟瑟

1. 什么样的生活才称得上"诗意"？你现在的生活是吗？

有理想的生活＋自由的生活＝诗意的生活。现在大多数人过的是：没有理想的生活＋物质的生活＋不自由的生活＝现实生活，空虚感填充在物质的生活中，灵魂被囚禁，没有爱，更没有情怀，行尸走肉比比皆是，不是人类与地球到了末日，也是精神到了末日。焦虑与无力感时时扑向人类，物质的老虎吞下了理想的落日，欲望的旗帜高高飘扬，奋斗成了人生唯一的口号，但一切都是瞎起劲，一切都是过眼云烟。

我一直在反抗"没有理想的生活＋物质的生活＋不自由的生活"，诗意＝禅意＋道德＋自我，人要有一点固执与自我，否则会被异化，坚持最初的纯贞与坚守最后的理想，是我这一生的诗意所在。

2. 这么多年的身份变化带给你最大的影响是什么？

是变化的快乐，是尝试的新鲜感。虽然身份在变化，但我永远是我，灵魂不变，情怀不变，爱与道德与我同在。

人只在不断压迫自身时才会清醒，才会反思生活的真理。我要的生活到底是什么？原来并不是轰轰烈烈的战斗，而是战斗后的寂静。

3. 你怎样看待一个诗歌不再盛行的时期，这是要必然经历的吗？

诗歌不是青春的武器，更不是身份的证明，诗歌属于终南山中的隐士，诗歌写在寒山子破烂的衣袍上，刻在荒山野外的石头上。诗歌并不属于喧哗的时代，尤其在一个物质主义的时代，诗歌必须绕道而行，回到民间，回到少数人的内心。

是的，能想起诗意生活的人，能想起读诗的人，能与诗人对话的人是幸福的，因为我们迷失在物质的丛林中太久了，我们穷得只有钱了。连一点诗意与专业的诗歌都挽留不下，这还有什么可说的，时代之富是以消灭诗人与诗意为代价的。这种自杀式的经历是遗失文明与历史的开始。

4. 你会时常怀念那个诗人辈出的时代吗？

不怀念。因为那时我还太小。我是时代的跟随者，我读过的那些前辈诗人大多一身的毛病。有的人因为历史的伤害而成为病人，或者在当下物质与权利面前丧失诗人的本分，与物质与权利合谋消灭诗人的尊严，这些人构成了那个"诗人辈出的时代"，不怀念是因为他们不值得怀念。有的活着，但活得很窝囊，活得很丢脸。

5. 我们应该用怎样的态度来面对这个有些浮躁的社会？

反抗物质主义主导我们的生活，反抗媚俗占据我们的灵魂。保证自己不做物质的奴隶，不做媚俗生活的附庸者。

6. 时隔多年后，再回头再读自己的诗与小说时是什么感受？

恍若隔世。旧作中有一个真正的自我，每一首旧诗中都有一段属于自己的生活。我喜欢我的旧作与旧书。现在来读我的第一部诗集《缪斯的情人》，仿如与少年的我对话，那时的我才是真正的我。现在变得多么的复杂。回头重读我的长篇小说《暧昧大街》《中关村的乌鸦》《苹果》等书时，我还能感受到写作时的那一丝丝战栗。我不是一个怀旧的人，但旧作中有历史，旧作就像我的一面镜子，能照见我曾经的清澈或满面灰尘。

7. 你创作的灵感是怎么来的?

来自于时代的喧哗,来自于个体的焦虑与思考,来自于亲人的爱,来自于阅读,来自于广阔的生活,一切的一切均是灵感的无限源泉。

8. 你最喜欢的诗人或作家是谁?为什么?

米沃什与索尔仁尼琴等国外的可以列出一长串,王维与寒山子等古代的也有不少,当下的真的太少了。当然要读朋友们的作品。因为他们活在你面前,整天向你表达他们的写作志向与成果,不看不好意思,其中大部分写得不好,但一年下来好的东西也能珍藏一大堆。经典诗人与作家就不说了,他们是时间留下来的珍珠,闪着光,我辈必须虔诚地读与学,但要从当下挑出谁更好,谁能留下来,为时过早了。喜欢与不喜欢都不影响要读他们的作品,了解他们的成绩。

9. 和《17年——周瑟瑟诗选》封面上那个长发的你相比,今天你放弃了什么,又得到了什么?

放弃了长发,得到了短发。放弃了激烈,得到了平静。放弃了野兽似的愤怒,得到了老人一样的智慧与定力。

10. 为什么这些年一直倡导"卡丘主义",这种理念吸引你的原因在哪?

卡丘的创造无疑是新鲜的,就像早晨的第一杯牛奶,是陈腐生活中所没有的,就像你做了你的世界的主人,我们给未知世界命名,然后发现了一切皆卡丘,一切皆在卡丘的眼中。

这是我们自己创造的艺术观念,它是我们写作与生活的一部分。我们认为卡丘的生活是高尚的脱离了低级趣味的生活。

11. 纪录片是除诗歌外,你看待世界的新的方式吗?

可以这么认为。纪录片是一种艺术态度。当你写诗与小说,可以表达你的思想与态度,但那是文字的。纪录片是影像与声音的艺术,不同的介质表达的途径不一样。世界是什么？世界是未知的梦，我们的作品就生活在未知的梦中。纪录当下与纪录过去，都是我感兴趣的。历史更具吸引力，那些过去时代的旧事吸引我走近历史，通过纪录片我看到久违了的文明与传统，让我时常激动。

12. 自己现如今的生活与年轻时的理想是否重叠？

差距很大，很难有重叠。虽然还没有背道而驰，但时代的巨变令人心痛。现实的残酷有时让人目瞪口呆，这就是我们生活的环境？这就是大时代的个体命运？夜深人静时我时常想起少年，想起过去年代。理想与生活的错位让人变得麻木，或者我们羞于谈论理想。当下人类的理想已死，现实迷茫。只有努力保持自我的清醒与独立，找回失去的梦。逐年回归平静，我发现我有获得新生之感。

13. 你怎样看待现在越发娱乐化的文学环境？

娱乐化是大多数人的需要，或大多数人的愿望。只是与文学无关。人有人道，狗有狗洞，大路朝天，各走一边。我也时常安慰自己不必烦恼，心静自然凉，离了谁地球照样转。文学是少数人的事业，文学是心灵的事业。娱乐是大多数人的感官享受，天要下雨娘要嫁人随它去吧。坚持个人的价值判断，坚持独立的文学标准比什么都重要。抓紧写作是我们的当务之急。

14. 现在作家的艺人化，你是怎么看的？

"艺人"在我眼里就是文化艺术界的劳动者，但艺术不是娱乐，它有强烈的艺术精神指向，作家不仅仅是码字的，作家是有精神造化的，这是一些基本常识。我觉得作家与艺术、艺术家有相同的灵魂，但显然你提到的"艺人"是指娱乐化的群体概念，有一些作家有此倾向与做派不足为奇，那是粉丝文化与文学商业化的结果。我祝愿"作家艺人"在粉丝文化与文学商业化中活得更加疯狂，他的红头发黄头发与脸上的粉脂让他更加像一个好玩的青年，我不是在说郭敬明吧？同时我们也看到更多的艺人包括像林青霞这样的演员，她们居然以写书出版为乐，这不是艺人作家化吗？作家艺人化与艺人作家化，都是混搭时代的产物，我不看好他们，也不反对他们。但我不看他们的书。他们的书不是我眼里真正的书。

15. 那如果抛开你的诗人身份，你还会像刚才一样回答这个问题吗？

这与我是一个诗人，还是一个作家、文化评论人，或新媒体、影视从业者之类其他社会身份的人没有关系，我说我的话，哪怕我是一个流浪的地铁歌手，或是一个衣食无忧的城市中产阶级，我的心依然是公民的心，如果非要指认我的身份，那我是以一个文化公民的身份在说话。当然，我的回答一定是基于我的社会职业与精神职业两种状态来回答的，但我在说真话，说假话的可能更多的是文化人，所以，我警惕文化人的身份，更不会简单地以诗人的身份去对待非诗意的社会，我似乎是回到了少年的状态在接受你的采访。我还没老到不是一个真诚的 40 岁的少年吧。

16.《大方》停刊，"光合作用"关门，类似的事情不断发生在我们身边，纯文学在消失吗？你怎样看待今天这样的局面？

最终消失的只是我们的肉身，而精神的骨头就是在火中也会挺立。纯文学——一个多么不合时宜的词，没有多少人关心，大多数人关心的是金钱与权利。我想《大方》停刊可能是以书号代刊号的结果，以书代刊的模式本就是现有体制下的边缘行为，它的停刊与纯文学无人看无关，它是有一帮粉丝看的。"光合作用"关门是电子商务恶性图书折扣竞争的结果，当当、京东、卓越这样的电子商务运营商挟持了出版社与书商，或以亏本低折扣冲击了传统的书店，传统书店关门并不意味着纯文学消失。纯文学永远不会消亡。文学里有大师在修行，而商业里没有了人的精神。时代会感谢纯文学。

17. 请推荐一本书。

索尔仁尼琴的《古拉格群岛》。索翁已死，但这个伟大的人道主义者的著作（包括去年翻译出版的《红轮》）一直陪伴我度过寂静的写作时光。

18. 最后一个问题，哪一首诗背后的故事让你至今难忘？

我写的关于 7·23 温州动车事故的诗《丢失的遗体》，在我不知情的情况下被收入了一本叫《博客天下》的杂志，我的一个老朋友在出差途中买到此刊，居然找到了我，说很感动，并且他也开始写诗了。一年之中，我总是会在天灾人祸面前写几首没有技巧，只有悲伤与真情的诗，这类诗总是会引起朋友与亲人们的感动。

我喜欢寂静的状态

1. 花语:"周瑟瑟不是一个谦虚的种,他不需要谦虚。即使他想谦虚,我们也不会同意。因为他要张扬生命,他要表达,他要卡丘。要无意义地卡丘卡丘!他要有意义地回避……他不怕在孔子面前暴露自己的童贞。"——这是诗人朱鹰对您的评价,他不断地提及你 2005 年发起的卡丘,到现在你主编《卡丘》诗刊,中间的跨度是 11 年,你始终如一地坚持卡丘,那么,卡丘到底是什么?《卡丘》诗刊的编辑,是从何时开始的? 以什么为宗旨?

周瑟瑟:朱鹰是一个有趣的人。但他的赞扬你不能全信。

卡丘只是一个符号,原来我们有很多的阐述,写了好多的理论与宣言。现在我认为卡丘只是一个符号,不要有更多的意义,意义没意义。

《卡丘》编辑从 11 年前开始,除了编辑民刊,还搞了几年的网站论坛,累得臭死。现在我每期只编 15 个人以内的作品,并且把当年的大 16 开本缩小为小 32 开本,我现在喜欢小众的东西,反对大,反对多。

卡丘,现在在做田野调查、现代性启蒙、元经验写作。还是貌似太大了,实际上卡丘重建的是个体的内心。

2. 花语:我个人觉着把诗写得好看不难,难的是,在好看的情况下,还有趣,还能让人在趣味中,咂摸出不同的意义并反思,在这一点上，你是高人。因而，张建新给了你这样的评价："周瑟瑟的诗给我的总体感觉是诙谐，黑色幽默或深度幽默，我以为，他的诗是一种向生活和生命致敬的方式。他对时代变化有着敏锐的觉察和认知，并有着高超的调侃能力，让人感到滑稽、荒诞、幽默，如冰雪中悲凉的一笑"。这样的代表作有《私有制》和《贫困县》，我看过您的《中关村的乌鸦》，看完哈哈大笑，怎么能把诗写到这个境界？

周瑟瑟：建新评价准确。

你不要表扬我。

我就是这样子的一个人。

我在中关村生活了 10 多年，对于中关村的 IT 生活很了解，我写的是事实，没有虚构。

生活本身充满了矛盾与趣味，这就是我们 11 年前提出卡丘时所强调的。写生活本身的样子正是我的方向。

3. 花语：您是三十集战争题材电视连续剧《中国兄弟连》小说的创作者，出于什么创意写了这样一部小说？谈谈它的创作过程好吗？

周瑟瑟：这是部赚钱的小说，大众喜欢看。电视剧拍得认真，剧情精彩，演员与导演都很好。

4. 花语：突然有一天，诗坛的百花园里，一下子冒出了一个书画家叫周瑟瑟，他起笔水平就很高，吃瓜群众很惊讶。是从什么时候开始练习书法，同时画画的？

周瑟瑟：这两年才开始画画与写字。有三个原因。

(1)我父亲是一位书法家，他离世后我思念他就画画写字。我想把父亲的精神延伸到我的生活里，父亲刚去世时，我在夜里看父亲的遗墨："诗硬骨"，我会倍感温暖，这是我父亲重病期间留给我的遗训。

(2)我小时候就喜欢书画，中学时还练过，有过一些童子功。

（3）前几年我与朋友一起为中国国家画院的画家卢禹舜，还有我们湖南的画家杨福音等多位书画家策展，看多了就想画画了。

5. 花语：随着新诗百年的到来，"截句"这个名词应运而生。在包括伊沙、臧棣、欧阳江河等人在内的截句诗丛里，我看到了您的《栗山》。截句到底是什么，在您看来，它是否就是诗的变脸或瘦身短款版夹克？

周瑟瑟：截句是诗人、小说家蒋一谈提出来的。我是应他的邀请写了一部给我父亲与故乡的《栗山》。它是我个人情感最为浓烈，也最为朴素的一次写作。我没有受到截句这一概念的限制，我写我的，反而受到一些读者的认同。截句在我看来就是四行以内的短诗。

6. 花语：在这个百草丛生、百花齐放的年代，各种奖项也层出不穷，它们推动着中国诗歌的繁荣和鼎盛，或者虚荣浮夸，但它至少说明，有人愿意为诗歌来买单。您创办了卡丘·沃伦诗歌奖，它面对的受授众是哪些人？怎么想到创办这样一个奖？

周瑟瑟：卡丘·沃伦诗歌奖首先是因为有《卡丘》这个民刊，才有这个奖。我的想法是与别的奖要有所不同，不同的是我们奖给的是"寂静诗人"。

我曾在《2015 年中国诗歌排行榜》一书里提出了"寂静诗人"的说法，列出了年度 10 大"寂静诗人"，在后记里我专门描述了他们在诗坛之外寂静写作的状态，并且对他们发自内心的欣赏，今年还会继续重点做这个榜单。

我自己也特别想做一个"寂静诗人"，但我被无形的力量推到一个并不寂静的状态，显得有些打眼，我并不愿意这样。所以，我通过写字与画画让自己的内心获得片刻的寂静。

这个把卡丘与沃伦并置的奖，我的出发点是强调寂静的写作状态。所以，这个奖注定也就是寂静的了，不要像其他奖那样有很大的动静，只是在《卡丘》民刊的范围里对于我们所见到的"寂静诗人"的肯定。每年选出一个人，按我们的想法做，与《卡丘》民刊一起做。

7. 花语：著名音乐人罗大佑曾经在香港开过一个演唱会，叫"搞搞新意思"，这句话，也是罗大佑《皇后大道东》里的歌词。有人给过你这样的评价："周瑟瑟不是在发现生活中的诗意，而是去创造生活的诗意；他不是去发现生活世界的另一面，而是直接开创了另一个世界。这个世界有巫楚的底子，魅影憧憧；不知今夕何夕，又仿佛是异次元空间。"你有一个身份，中国诗人田野调查小组组长，这，算不算新意思？

周瑟瑟："田野调查"是一个旧意思，哪有那么多新意思。当然，诗人一介入就不同了。

三四十年代时，那一代知识分子就这样干过，我们不过在是在步人家的后尘。叶圣陶、梁漱溟、费孝通、毛泽东他们做的才专业。田野调查最早是文化人类学、考古学的基本方法论。我把它用作诗人的自我启蒙与元经验写作的方法论了。

我们的田野调查与前人的方法又有很大不同。

去年我们在北京宋庄进行诗人田野调查，我强调了中国诗人田野调查的五个原则：（1）我们要像行脚僧乞食一样走向每一户人家，不要事先联系，更不要有任何准备，但要记录对方的反应、周围的环境与你内心的感受。与被调查者第一时间接触时的体验非常重要，要记住对方的表情变化、动作语言，尽可能不要放过每一个细节，哪怕被拒绝，也是田野调查过程中正常的事情。我们自身的体验与感受是田野调查中最为重要的收获。（2）注意用自身的感受去进入一个村庄的地理环境、历史人文，而不必急于收集枯燥的数据。（3）要有建立田野调查样本的意识，深入原居民的起居室、厨房、仓库与后院，感受原居民的生活气息。（4）通过一个个具体的村落与原居民生活样本调查，获得当下生活的现场感与元经验，试图去回答"传统的现代性"这一命题。（5）每一次田野调查都是一次未知的经验，我们不知道将会发生什么，不做任何的预设，只是回到生活元现场，通过这种方式进行自我启蒙。

8. 花语：你曾任中关村 IT 企业高管、央视英文纪录片栏目总监、百集纪录片《馆藏故事》总导演，又是诗人、小说家、艺术批评家、书法家、画家，对于这么多跨界的身份，你更喜欢哪个？

周瑟瑟：反正都不厌恶。我喜欢禅宗，诗与书画最为接近禅宗，可以直接把自己带到那个状态里。但诗的文体意义更大，我会把诗留在尘世里，让诗经受各种撞击。

9. 花语：您提出元诗歌写作，主张重建诗歌现代性启蒙精神，具体指什么？

周瑟瑟：元诗歌写作在以上的诗人田野调查一项中也有所涉及，我写过一篇文章叫《启蒙的幽灵在徘徊》。摘几段来回答你的问题。

16 世纪明代末期，启蒙思想萌芽，泰州学派发起的"天理即人欲"的思潮极具现代性，反对"存天理、灭人欲"封建专制礼教，主张人性解放。但清军入关后，汤显祖、袁宏道倡导的人性解放的唯情主义在文字狱面前终止，这是中国现代性第一次启蒙的失败，思想启蒙失败后留下了一批悲伤的诗歌。

在晚明悲伤的诗歌中，我们看到了中国诗歌的现代性诉求，诗歌收拾启蒙残局，诗歌照见时代人心，诗歌里有启蒙的乌托邦，诗歌是人类最后的精神共同体。

绝命诗是一个关乎诗人气节、价值观、情感纠结、时代困境与现实出路的以命为代价的诗歌体系。屈原抱石沉江，李白踩月而去，朱湘归于河流，王国维走向湖底，海子虽然在岸上，但绝命于时代疯狂的火车与冰凉的铁轨，而飞身赴死的也有一个长队：昌耀、徐迟、马雁、余虹、小招、许立志、陈超……个人与时代的命运不堪回首，绝命的诗人纵身一跃时溅起的血光照见了时代乌黑的脸，任何时代的思想启蒙都会留下诗歌的痕迹，诗人从来没有在启蒙中缺席。

在一个新旧文明交替的国家，诗歌作为文明的形态之一，从明末启蒙思想的萌芽，到晚清知识分子启蒙被压制，再到新文化启蒙思想的建设，这一路给我们造成一个启蒙还是有巨大的精神遗产的错觉。最近一次是20世纪80年代的人文启蒙，但那并不是一次完整的启蒙，半途而废。几代人在科学、民主、理性的漫漫长路上艰难启蒙，而诗歌诚实地介入了启蒙运动。

任何时代的启蒙都在诗歌中有历史性的投影，谓之为"朦胧诗"的一代诗人，以北岛为首的诗歌启蒙其实只是延续了"五四"启蒙的传统，所以逃不脱启蒙时代街头演讲式的急骤消失的命运，甚至与明末士人绝命的诗学有相同的精神境遇。向死而生的诗歌在我们的诗歌史中从来都被赞美与敬仰，当然以命启蒙本是英雄的诗学，但不是后现代社会的主要特征。尊重绝命的诗学，并不以反传统精神为代价，而是以反封建父系专制思想，实现诗歌理想乌托邦为目标。

启蒙也可理解为一种方法论，在通往启蒙的路上，要有一种求异的独立写作精神，而不是求同的妥协。在这个丰富多元的时代，求异是当代诗人的本能。

启蒙精神对于当代诗歌从来没有这样被漠视。我提出要重建诗歌现代性启蒙精神，这种启蒙具体指向了诗歌的精神源头与诗歌写作的元语言、元体验。从历史与当代经验里挖掘诗歌的源头，从而找到属于我们每个时代的"元诗"。从当下往回找，找到精神的源头，越过现代性困境，直面传统与现代的冲突，重建诗歌现代性启蒙精神。

重建中国诗歌的启蒙精神是对一种新的文学方法论、诗歌乌托邦与现代性难题的梳理与总结。自晚清以来，中国知识分子在文化启蒙上做出的努力对于当代中国依然有伟大的意义。具体到个人的精神路径：把对我们自身的反思变成重建当代精神生活的一部分。从晚清到"五四"，再到当下，中国知识分子在现代性面前徘徊，一边是害怕，一边是向往，害怕传统成为现代性中国的绊脚石，同时又向往西方文明的理想模式，正是因为既向往又害怕，导致我们常常陷入困境。

困境即诗歌的命运，所以启蒙，尤其是自我启蒙，是我们走向现代性的唯一途径。

10. 花语：您是一个地道的文学多面手，诗歌、评论、小说均有不俗的表现，并编辑了多种诗歌选本。您才华出众，精力过人，在经历了多种职业、多种文本写作之后，还在练习书法和习画，并且，不论哪个方面，您都表现得出类拔萃，非常优秀。作为一个诗人，如何能保持旺盛的创造力，保持对生命持久的热情和厚度，是一门学问，能否介绍一下您是怎么做到的？

周瑟瑟：首先要有一个好的身体，只有身体好才有可能把各种事情做好。

其次要保持对新鲜事物的热情，我人到中年对很多事有兴趣，只是强压住喜好，否则会把自己弄得很累。我是在保证不累的前提下，做自己的事。

11. 花语：20 世纪 80 年代，您就已经开始写诗了。请介绍一下，火红的朦胧诗年代，您的诗歌圈和诗生活。

周瑟瑟：就是与我县文化馆的诗人成明一起写作。后来与一些少年作家、诗人有交往。我哥哥当时在川大念哲学系，他给我带回了当年唐亚平、杨川庆这些大学生诗人的诗集，他还给我一些尼采、叔本华的哲学书。那个年代出版的大部分诗选都是我哥带回的，我很快脱离了中学生的幼稚写作，写下了更糟糕的现代诗，严重受到了那个年代的诗歌的污染，我后来花了很大的劲才去掉那些少年时类似于伤害我的影响。包括我们湖南的一些年长的诗人的影响，那是非常低级与恶劣的影响。所以我们那一代少年诗人是不幸的，受到了无可避免的坏诗的教育。现在的孩子能直接受到好诗的教育，并且现在可以自由选择。而那时，选择的余地太小了。我父亲在 20 世纪 80 年代给我十几元钱，我跑到长沙市袁家岭新华书店居然买了一本张永枚的诗集。

12. 花语：您写过一首《妈妈》，您还写过一首《拷故乡》，您是一位孝子，北漂多年，您还有浓浓的思乡情结，那就说一说家乡和您的妈妈。

周瑟瑟：我的家乡在湘北南洞庭湖边。我的诗集《栗山》写的就是我的胞衣地。

故乡养育了我，我对故乡的感情全写在了诗里，现在又画在了水墨里。

我在别的访谈里谈过童年的成长，少年的写作，那些故事如果再重复就没意思了。其实我们 20 世纪 60 年代末出生的人，经历大同小异，喜欢文学的孩子也无非是写写画画，很平淡。

今年夏天我们诗人田野调查小组到岳阳，对洞庭湖我才有了更多的了解。虽然我生于湘北，但我家靠近长沙，离长沙只有四十几分钟车程。我家是丘陵地带，一条湘江把我家与湖区分隔开来，所以我对洞庭湖的了解太少了。我要对故乡做深入的田野调查，才能写好它。

我八旬老妈妈，她喜欢住在老家，不愿意到别处居住，是我最大的牵挂。我为老妈妈写过一些诗，以后还会写。我妈妈也读我的诗，我的诗集《栗山》她就收藏了一本。

13. 花语：你应该算是很早的北漂，漂的过程是否经历过辛酸和痛苦？是否有打退堂鼓的时候？

周瑟瑟：我虽然肉身北漂，但漂的极为过瘾。我没有经过什么辛酸与痛苦，在这个问题上我有点不好意思讲了。好像其他诗人、艺术家都经过了一些北漂的痛苦，我却没有，有点遗憾。我觉得应该有"辛酸与痛苦"才算"北漂"。

我当年是在广州一家杂志被朋友火速弄到北京来做一企业，吃喝无忧，收入还很高，所以整天是喝酒。我一到北京就住在北大宾馆，住了大半年，但那时我不写诗，只写长篇小说，冬天听着北大暖气管里咕咕的水声写了三个长篇。我开始是为一马来西亚人做企业，他为北大捐了几千万，我得以在北大好几年，但我不与北京的诗人来往。只记得与当时在北大进修的杨克打过一个电话，但他在去山西的途中。我当年没有任何兴趣与诗人们玩。我们自己一帮人玩得天翻地覆，现在想来那真是一个疯狂的年代，但我在长篇小说里却把那些生活写得伤感又无聊。

那些年我从没想到过离开北京，我迅速积累了一些钱，在北京买了房，后来做 IT 公司，就进入更加忙碌的工作状态了，经济上我没有受过压迫。现在想来，成年后我并没有过经济上的困境，顺境对于我来说也没有什么不好，我天生一个平民做派，从不觉得自己有什么成绩，只是人到中年反倒想离开北京回老家住。北京其实没意思，老家有属于我自己的山水，有泥土，当然有意思。

2016 年 10 月于北京

犀牛写作

　　人一生能写多少诗？可能有几百首几千首，也可能只有为数不多的几十首。单纯讲多少首，而不讲这些诗是怎么写出来的，并没有什么意义。到现在为止，我到底写了多少首诗，我没有统计，在没有电脑的年代，大部分手稿已经找不到了，找不到就算了，后来有了电脑，但常会有电脑或硬盘坏了的情况，丢掉一些作品是理所当然的，丢了就丢了，我并不在意。不记得自己写过的某一首诗，这样的事我有过，前几天成都诗人陶春发我一首诗，问是不是我的诗，我读后觉得像我的作品，但并不十分确定，我问他哪来的，他说是诗人易杉从微信公众号上选的，陶春要我确认，我最后告诉他这至少是我不要了的诗。我十年前的诗，写了就丢一边。面对过去的作品，我的态度是能丢就丢，没有被收入诗集固定下来，那它的命运是遗忘。

　　遗忘自己的诗，并不意味着遗忘自我，我注重写，写作时诗已经给过我享受，我为什么还要期望诗再给我更多。写出来的诗自有其命运，作者不必关心作品的未来，再说诗写出后也并不属于你自己。遗忘它，用纸写作的年代，一个书生拎着作品跑到惜字塔下，把自己辛辛苦苦写的东西趁着月黑风高时烧了。我在成都街子镇就看到过一个千年焚纸塔，在我老家樟树中学前面不远处也有一座塔，我曾经进去过，那些古代读书人，他们习惯于烧了自己的纸片儿，而我们走在现代性的路上，反而无比珍惜自己的每一个字，恨不得要流传千古，越是把自己当一回事，越不是一回事。我觉得写作主要在写作时的快感，除此没有什么更多的理由，你想通过写作告诉他人一点什么，其实你那点东西别人未必需要，也未必能够接受。尤其是诗，对于写诗人来说，各人有各人的写法，你不要轻易以你的写法否定他人的写法，也不要以为他人的写法就是错的。至于读者，读者自有其命运，作者不必代劳。这是一个相对主义的世界，全是自我的结果。

我在意的是我能写出什么样的诗。《犀牛》这部诗集是此前我能写出的诗，总体来看，我还比较满意，每一阶段都有可以收入选集的作品。有很多年我是一个业余作者，不像一些人，他们比我要职业化，要投入更多的时间与精力在写作这件事上，我有几年完全转向写小说与影视，但现在从这部诗选来看，我还是一个勤奋的作者。

跟别人说诗要怎么写，基本是无效的，我只跟自己说诗要这样写。

第一，贴着自己的语言写，每个人的语言是不同的，有的人快言快语，有的人吞吞吐吐，有的人慷慨激昂，有的人温柔委婉，这都是语言的个性，无可厚非。写作是个性的全部体现，不真实的写作者除外。有的人生活中是一个样子，写作时是另外一个样子，分裂的状态不是外人能搞得清楚的。我只保证我是一个什么样的写作者，我手写我口，我手写我心。写作这事一点都不复杂。语言是谁也无法绕过的，选择什么样的语言，或选择用什么样的语言状态写作，决定了你是一个什么样的写作者。我是这样说话，那我就这样写，你是那样说话，那你就用那样的方式写，其写作结果肯定不一样。胡适的方法是"话怎么说，诗就怎么写"，我也是如此。我提出过"原诗"写作方式，就是基于这样的理解。

第二，诗可以是非诗，非诗也可以是诗。诗的边界，不是别人设定的，是你的心灵能够达到的边界，你能走到别人达不到的地方，找到你的诗，那才是你走出人群的那一天。我想走到人群之外写诗，我试着这样干。《犀牛》的路线，就是我不断走向人群之外的路线。在近年，我终于走出了人群，我终于孤独地写作。我不用考虑你的感受，我写我的，你写你的，你读你的，与我没有什么关系。我是我，我只能是我，我不可能是你，我也代替不了你写作，你读出什么感受那是诗的命运，我无力掌握。如果我写出了在你看来的非诗，那正是我所求。

第三，走到哪写到哪，以自己对待语言的方式写作，以顺从内心的需要自动写作，不要预谋，这是我公开的秘密，我没有秘密，要说秘密那一定还在写作实践中没有成形。过去的写作是趴在书桌上的结果，现在我试图解放自己，像古代诗人那样走向户外，走到荒郊野外，走到我不熟悉的地方，路边野餐最好，把陌生的全部写下来，我只要看到陌生的东西，我就兴奋。我希望自己始终处于生活现场，鲜活的现场是我的另一个秘密。谁还在书页里写作谁就是僵死的，谁看不起野外的写作谁就是可怜虫。此话有点狠，但是真话。预谋的写作由来已久，但我愿意自动写作，走到哪写到哪实在太爽了。如果长久把自己关在屋子里，我会发疯，写作就是在新鲜空气里自由呼吸。生命的意义体现在你是否充分行使你自由写作的权利，我希望自己像那只犀牛，喷着浓重的鼻息，我是粗野的，我踩扁了野花，溅起了稀里哗啦的泥水，遇到大河我直接冲下去，我让自己更加直接、粗野，也不要小心翼翼，我打破常规，也不要规规矩矩，我当然拒绝任何的规劝，哪怕是善意的规劝。

孤独求败，也是我自找的，我所渴望的。这就是我说的"犀牛写作"。

2017 年 12 月 5 日于北京树下书房

栗山：我的精神体

　　我试图写出有我个人情感质地与语言节奏的作品。恰逢丙申猴年，我的本命年，也是我父亲离开我一年多，我对他的怀念最为强烈的时候，于是写下了这部《栗山》，献给我父亲的在天之灵。

　　我发现我在写作这部《栗山》的过程中遇到了比想象更大的困难，我无法对自己下手那么狠。写作这么多年，我虽然一直有变化的意识，但骨子里已经形成了很多固有的东西。就像流水，在河床奔涌，在乱石中穿行而过。写作《栗山》时，我不断调整诗的语感，慢慢绕开起先的些许不适应。我愿意写出个体的生命经验，《栗山》中的个体是我诗歌最重要的审美，而生命经验浸染了我全部的情感认识。我个体的情感线索贯穿始终，我不是那种能够脱离自我的写作者，我固守情感的底线。

　　我的故乡在湘北，现在只有一座名为"栗山书院"的屋子留在栗山，门前有一口被栗山三面合围的池塘，叫栗山塘。一到夏天，满塘的野生雨水蓬蓬勃勃，蛙鸣彻夜如织，月夜下鲤鱼摆尾。记得小时候我与哥哥就睡在塘基边的竹床上。前年父亲去世后，悲伤的母亲在栗山坚守了半年。老妈妈过于思念父亲，长此以往恐怕不行，最终在我们的劝说下还是住到姐姐家去了。父亲离世前两个月，我回去拍摄父亲的生活纪录片。父亲在我的镜头里用粗糙的毛笔为我写下了"诗硬

165

骨"。我把这三个字当作父亲的遗训带到了北京。父亲一生写字无数，从不挑剔笔墨纸砚，信手拈来皆成好字。他走了，带走了一手好字，想念他的异乡深夜，我就看那还留有他体温的字，于是我也开始写字。通过写字，我想传承父亲容忍、淡然的生活态度。

在我的写作体会里，我认为诗就是一种生命的呼吸，世间万物皆有呼吸，我发现了诗歌语言、结构、精神的呼吸。你可以试着一呼一吸，呼吸是短暂的，不管你如何憋足劲用力呼吸，它是短暂的，但它又是绵长的，世间万物要维持生命的秩序，必须要进行绵长的呼吸。就像古人相信生命是风吹来的，诗是生命的风，风断了生命就止息了。父亲临终那一刻躺在我母亲臂弯里。"他的头一歪，就没了呼吸……"母亲告诉我。通过写栗山，我在恢复父亲的呼吸，父亲没了，只剩下了八十岁的母亲，我觉得栗山的呼吸也微弱了。当我的肉身也被栗山埋下的那一天，我的呼吸将会完整地保留在这些诗里。

对栗山我充满了感激，栗山是我祖先的山，我离开它快 30 年了。我现在把它写出来，是对一座山的重新认识，是对我的精神体的靠近与确认。

2016 年 3 月于北京树下书房

"诗评媒"访谈："异相"是我写作的"标准"

诗评媒是国内第一家诗歌评论公众号，自创立以来，以其先锋性、前卫性、开放性赢得了广大诗友的关注，在国内外诗人中树立了高端、新锐、理性的形象。

诗评媒：由于您的诗歌作品具有鲜明的探索性和艺术性，在诗坛有广泛的影响，诗评媒诚恳对您进行专访。

最近，您的名字和诗作在不同的诗歌现场被提及和关注。请谈谈您最近的诗歌创作和探索好吗？

周瑟瑟：最近我写了《栗山》，这是一部献给父亲的书。2016 年过年我回家陪老妈妈，在手记里写了一部分，余下的是在回京后完成的，共有 100 首，每首在 4 行以内，并且是没有题目的截句，书名《栗山》就是这首长诗的题目。这是一次探索，一种新的写作可能。我在后记里写道：对《栗山》我充满了感激，栗山是我祖先的山，我离开它快 30 年了，我现在把它写出来，是对一座山的重新认识，是对我的精神体的靠近与确认。

诗评媒：您的作品也受到了不少诗歌评论家和诗友的评价，他们都是怎么说的？您怎么看待这些评价？

周瑟瑟：说法不一，表扬的我记住了，批评的我倒记不太清了，有人这么评价我："他诗歌文本有独特的异相"，"他的文本具有极高的

167

识别度"，同时代的某些诗人与批评家，他们能进入你的写作里，能看到你的内心。"异相"是我写作的"标准"，而呈现出或多或少的打上了我个人烙印的"识别度"，是我在一个同质化的诗歌时代，终于让自己稍稍满意的一个结果。如果写了 30 年，还不能有自己的东西，那就彻底失败了，我将与同时代有"异相"的朋友一同前行，做"异相"的自己。

诗评媒：最近的诗歌活动非常活跃，朗诵会、研讨会以及各种笔会纷呈，您最近都参加了哪些活动？对这些活动您是怎么看的？

周瑟瑟：这些年来我一般不参加诗歌活动，一年里难得有选择性地参加极少数的活动。最近刚参加完我们《卡丘》诗刊几位诗人同仁一起发起的"中国诗人田野调查小组"岳阳洞庭湖调查行动，对洞庭湖生态做了调查。还回到我的故乡胞衣地做了一场"《栗山》与乡邻见面朗诵会"，都是故乡的诗人、文学老友，以及我的乡邻、发小们参加。对于我来说有特别的意义，一个写作者能够回到老家的村子里朗读自己的作品，并且是写父亲与那个村子的作品，是我最为看重的一件事。

诗评媒：最近，中国诗坛涌现出了不少热点事件，您最关注的是什么？对这一热点事件，您是怎么看的？

周瑟瑟：我不知道有哪些热点事件，好像没有什么。我关注我每天的宣纸与墨汁，然后就是工作与写作，对于诗坛的热点，我没有精力关心，关心它对我也起不到什么作用。

诗评媒：喧嚣的诗坛，需要理论的引导；下意识的写作，需要清醒和自觉；诗坛的大厦，也需要理论的构架。在此，请谈谈您最尊重的几个诗歌评论家好吗？能否对他们最具代表性的观点略谈一二？

周瑟瑟：这个时代有思想的批评家还是有的，他们分布在高校、研究机构与民间，发出不同的声音，对其中少数人的批评与研究我非常关注。

诗评媒：新媒体、自媒体时代，各类诗歌微信公众号和微信圈子风起云涌。您平时关注过哪些微信公众号，加入过哪些微信圈子？对这一现象您怎么看？能给大家推荐几个好的公众号和圈子吗？

周瑟瑟：最近的"小镇的诗"与我们的"《卡丘》杂志"微信群互动较多，去年的"明天微信群"等，今年的诗歌与文学公众号可看的有好几个了，分别是"撞身起暖""诗歌是一束光""走诗犯""天马萧萧""非常诗""凤凰诗刊""凤凰读书""磨铁读诗会"等。

诗评媒：有人说，中国诗坛进入"全民写诗"的盛世；有人说，中国诗坛进入平台期，基数很大，大树不多。您最看好的中国诗人有哪几个？请评价一二好吗？

周瑟瑟：全民写诗不可能。树还在长，最看好的有时并不可靠，我没有什么最看好谁一说，面上浮着的写得好的不知能否一直好下去，角落里默默写的也有可能才是真正的好诗人。我相信沉默的少数人。

诗评媒：诗歌是个人化写作，但却不妨碍都有几个志同道合的朋友。您和身边的哪几个诗友过从甚密？能否谈谈你们的故事？

周瑟瑟："过从甚密"，也不见得，我交朋友都是自然而然，大家都有自己的写作与生活，都是独立的写作者，我这个年龄了"诗人之交淡如水"，我不习惯于诗人之间的"结盟"，但性情相投的诗人会自然交往多一些。我从不喜欢与有权势或有权威的诗人、编辑、评论家走得太近，但青少年时的好友，无论他当了多大的官我们还是那个年代一样纯洁的兄弟，但我不会通过朋友办什么事，尤其是文学上的事，我也不需要。我排斥功利性太强的诗人，更不习惯与有策略的诗人交往。那样太累，也很无聊。诗人交往是干干净净的，轻松自由。

我梦想做弘一法师那样的人。

诗评媒：中国诗歌当前存在不少问题，您认为最应该警惕的问题是什么？

周瑟瑟：现在过于用劲了，过于夸张了，我愿回到朴素的内心，大家再写上十年二十年，现在的作品还太薄，大部分作品还摆不到历史的台面，先埋头写再说。

诗评媒：每个人对每个人的诗歌评价都是不一样的。能否谈谈您自己较有代表性的作品，透露一下这些作品的创作倾向以及随后的创作计划好吗？

周瑟瑟：代表作在我自己看来还不能称其为代表作，我会写出好作品。不好谈计划，计划不了，写多写少都在情理之中。

从诗人的脸看百年新诗

　　一百年来，诗人的面孔有太多的烟火气，从胡适、鲁迅、王国维他们那一代人，到艾青、胡风、牛汉那一代人，再到食指、北岛、芒克、杨炼他们那一代人，这三代人的面孔聚集了中国百年新诗的种种容颜，风雨雷电将三代人的面部淋湿、撕扯与暴晒，他们的疼痛、爱恨与艰难，从他们每一个历史阶段的表情都可以看到。总体来看，百年来中国诗人的表情凝聚了太多的痛苦与挣扎。

　　王国维的面容在 1927 年 6 月 2 日被颐和园昆明湖水浸泡，"五十之年，只欠一死。经此世变，义无再辱"。王国维的诗学思想产生于白话新诗之前，他认为"人生是一个问题"，他以"求真理"为诗学立场批判传统诗学依附于政治与道德，而没有独立的地位，形成了一种形而上的现代诗学观。随后真正提出了现代诗歌精神的是鲁迅，他在 1907 年写出《摩罗诗力说》与《破恶声论》，有人认为《摩罗诗力说》是"中国诗学现代转型的开端与标志"、是"中国现代诗学的真正起点"，在现代诗学上王国维当然要早于鲁迅，他们那一代人的面孔是哲学的形而上学的面孔，甚至与尼采的面孔有重叠之处。

　　艾青、胡风、牛汉那一代人的面容并不好看，他们经受的折磨我们活着的人谁能说清楚？在回顾中国新诗百年的历史时，有多少人还愿意去想象他们那一代人内心拥有的孤傲与痛苦？没有人了，因为历史的折磨正在变为我们这一代人隐秘的想象。到了我们的下一代，他们对此已经成功地形成了一片空白。诗歌还在，但诗人的面孔正在被抹平与消解，直到变为一个黑洞。

食指、北岛、芒克、杨炼他们那一代人的面孔近在眼前，但他们拥有两张面孔，一张交给了那个年代，短暂地接替了艾青、胡风、牛汉那一代人的面容，爱与恨的面容，烟火气的面容，紧锁眉头，嘴唇倔强地上翘，整个面部像一架坚硬的鸟的骨骸。上一代人的命运在下一代人的面部继承，如果要说新诗传统的继承，这就是最好的继承，如果要说现代诗歌要继承些什么，我认为就是人的精神，而不是语言与形式，因为每一代人都会有每一代人的语言与形式。但人的精神是一代又一代累积与叠加的，如果我们丢掉了人的精神与人的历史，我们的写作就将死无葬身之地。

诗人的精神决定了诗的存在，而不是语言与形式。当代诗人是一个复杂的群体，我们所处的时代有许多迷人的陷阱，我们中间大多数人已经进入了陷阱，并且写下了得到广泛流传的废品。而诗人的面容很好地保留了证据，我们的每一声叫喊与疼痛都将逃不脱面容的记录。

最近我专门花时间凝视中国新诗史上几代人留下来的面孔，发现他们也是从清新、甜蜜与放松的面容突然转变为焦虑、愤怒与撕裂。我想这就是中国新诗百年来的命运，下一个百年，这些面容将会更加复杂与多变，撕破面容的诗人与修复面容的诗人一同挤在天空，诗歌的幽灵将对我们每一个人进行无情而公正的审判，所以我们唯一能做的就是写下历史发生时的真相，做一个内心与面容统一的诗人，面对我们的面容保证不撒谎，不媚俗，像王国维、鲁迅他们那一代人一样拥有一张清洁而瘦削的面容。

我们都有一张诗人的脸，自己的时代镜像。

脸是我们身体最敏感的部位，诗就是我们的脸，我们无不在做一种脸的挣扎。

第四辑 ／ 觅诗记

诗歌飞向未知的时间黑洞

刚刚看过电影《星际穿越》，再读这首《偶遇神灵》，突然找到了比导演诺兰更加贴近我们心灵的中国诗人的感受。原来我们的现代诗人也曾有过这种体验——"我丢失了不知所踪的神灵"。

张清华先生是一位评论家，但他的诗写得也很好，显示出他独特的诗歌经验与写作才华，只是诗歌隐匿于他的评论之后罢了。我查了一下，他发诗用的名字是"华清"，与他好像不是同一个人。评论家诗人在当下为数不少，诗人与评论家的共生状态或许更能体现评论家写作的严谨态度，让读者更加相信职业评论家的内部感受。

具体到这首诗，这种"星际穿越"的"偶遇"被诗人写得极为逼真。进入诗的"一万米高空"的事件叙述，我才发现这样的"偶遇"事件来自诗人与宇宙的一次对话。张清华的飞翔让现代诗置身于未知的"黑洞"之中。读这首诗，我想到了人类自从有了诗，我们便开始了对诗歌"黑洞理论"一样的探索，我们何时能够进入现代性的"第五维空间"？未知最让人向往。

诗人向我们描述了他所看到的"一幅奇异的图景"："在玫瑰的、古铜色的大海／有人用翅膀划水／有人用衣袖翱翔用手势和眼神交谈耳边响起呼啸而过的风声"，未知原来是这样具体，《星际穿越》的图景此前我们的诗人早已捕捉到了。

狄兰·托马斯的诗在电影中成了人类最有力的声音："不要温和地走进那个良夜，老年应当在日暮时燃烧咆哮；怒斥，怒斥光明的消逝。"张清华诗歌的未来意识同样让我震惊，如果诺兰要拍《星际穿越2》，可以用此诗一试。

人类的命运或许只能以"偶遇"来解释，在未知的"黑洞"面前，张清华却给我们描述了一幅美妙的"偶遇"图景。在神秘的事件面前，这首诗却一点也不神秘，相反，诗人写得自然顺畅，没有预设任何的阅读阻碍。读它让我相信了诗歌事件的真实，并且把我拉回到在高空飞行时所见到的云霞，但这样的诗歌"偶遇"只属于张清华或叫作"华清"的那个诗人，那是他独到的诗歌体验。

不过，关于诗中的"神灵"却属于整个人类。诗人最后写道："孤独的黄昏突然来临 / 他折返翅膀向下方飞去 / 我忽然感到一阵眩晕/离开一万米的晴空 / 我丢失了不知所踪的神灵"，与狄兰·托马斯一样的悲壮。在宇宙面前，人类的诗歌飞向未知的时间之黑洞，但人类启蒙精神的光芒照亮了诗人的面容。

眩晕———次诗歌高空飞行的体验。

偶遇神灵

张清华

在一万米高空
他飞得平稳，沉着
动作优于一只蝙蝠
视野高阔　犹如一只年迈的鹰隼

在长颈鹿和望远镜都无法抵达的
高度　他与我乘坐的机器并驾齐驱

啊嗬——
那时我看到一幅奇异的图景
在玫瑰的、古铜色的大海
有人用翅膀划水
有人用衣袖翱翔
用手势和眼神交谈
耳边响起呼啸而过的风声

哦　玫瑰的黄昏
孤独的黄昏突然来临
他折返翅膀向下方飞去
我忽然感到一阵眩晕
离开一万米的晴空
我丢失了不知所踪的神灵

平静的写作者在磨牙

对破小坡并不了解，平时偶尔读到他的作品，他是八○后青年诗人中倾向于内心的一位。这次读其作品，总体印象是一个平静的诗人在写平静的诗。平静的诗，语言细腻，进入诗的方式自然，弥散精神的光晕。

破小坡以观察事物的方式写作，使其作品没有陷入这个年龄段的空转。词语的空转与技术的光滑，是当前一批年长诗人与年轻诗人的毛病，并以此为诗歌的标准与有效性写作的尺度，这样的判断实在太糊涂了。还有一种是加入凌空高蹈的社会性批评或普通大众苦难式的诉求，引起读者强烈的共鸣与网友的狂欢。后者虽然比前者要有思想性与批判性，但我希望往个体内心拉一下，拉到当代诗歌精神的内部，不要在当代诗歌外部打转。这两种题材类型化的写作，如果都把写作姿态放平到关注人的感受，消除诗歌概念化与主题化的目的，就会让写作这件事变得更加真实自然。

破小坡的观察是个体真实的感受，没有"词语的空转与技术的光滑"，也没有"凌空高蹈的社会性批评或普通大众苦难式的诉求"，这样就让其写作不在"引起读者强烈的共鸣与网友的狂欢"的行列中，破小坡将会走向何处？我不得而知。我现在看到的是破小坡的平静。

平静是一种中间的状态，既不痛苦又不狂喜，而是趋于客观的态度，客观是现代性的基本形态，不客观容易走向反现代性一面。"词语的空转与技术的光滑"容易获得传统审美普遍的好感，在古典汉语强大的修辞文化中被认定为正统的写作。"凌空高蹈的社会性批评或普通大众苦难式的诉求"，是在前一种问题下暂时的策略，冒似纠正了"词语的空转与技术的光滑"，因为它"引起读者强烈的共鸣与网友的狂欢"，但出现了更严重的问题。批评界与读者所渴求的"痛感"里面隐藏了更加明显的审美功利目的，甚至让当代诗歌回到了朦胧诗的北岛时代，反现代性的结果并没有人注意到。当代诗歌如果在"痛感"这样的层面上打转，那只是打转，只是对浅层感官的社会性需求的满足，没有让当代诗歌往前走一步。

当代诗歌原地踏步踏太久了，悄悄往后撤退也无人正视。"原地踏步踏"与"悄悄往后撤退"让诗歌审美的保守者很舒服，很满意，终于没有了当代诗歌语言艺术的任何探索了。现在没有自己的想法与写法的才是最好的诗人与诗歌，与那么几个诗歌标准保持一致，复制其经验，模仿其写作，成了当前一批年长诗人与年轻诗人的最爱。

我不能对年轻的破小坡有更多的要求，我看到其写作来自生活细微的感受，每一首诗都有敏锐的第一手感受，而不是二手经验的转述，保证了诗歌的真。《小城的雨》如同在雨中诉说，没有高蹈的词语，没有流行的空洞，把诗的姿态压到最低，与生活平行，像一个纯真的孩子在观察，这是一种生长的诗，可以倾听的诗。《鸟鸣是最好的早餐》《清晨》都是对声音的捕捉，都是可以倾听的诗。

在平静中感受世界的变化，破小坡的写作是自然细雨，是鸟鸣的苏醒，但我想如果往前多走几步，不要止步于自然细雨与鸟鸣中，虽然我们就在自然细雨与鸟鸣声中。安徽诗人如果走出安徽诗歌的影响，舍弃精致的修辞与小心翼翼的抒情，打破共同的意象给当代诗歌修造的牢笼，敞开年轻诗人的大门，让安徽诗歌之外的异质进来，诗歌现有的趣味就会改变。我喜欢改变，破小坡应该属于可以改变的写作者，开辟通向外省的诗歌道路对于破小坡或许是时候了。恰好破小坡生在安徽，对于不在贵省的诗人来说，同样有必要开辟通向未知诗歌经验的道路，当代诗人在已知诗歌经验的路上走得太无聊了，太没有前途了。

小城的雨 (外一首)

破小坡

小城的雨多么懂事啊，它非要等到
孩子们睡着了才会落下来；小城的雨多么
健忘啊，它总是找不到回去的路；其实
小城的雨是被冤枉的，它不是有意躲进
瓦罐的。走在雨中的人并不着急回家，他
要把裤腿上的泥泞在荒芜中晾干。如果你
恰好凑过身来，就会有一只青蛙咕咚一声
跳进河里，而这时雨更大了

鸟鸣是最好的早餐

茉莉的香味在房间萦绕

如一条林荫小道向你发出邀请

露珠从枝头落向叶片

恰如一名女性跳水运动员

向你展示分裂之美

鸟鸣就藏在竹林的腹腔里

难觅好闻，像滴答滴答的细雨

让天地谈一场旷日持久的爱恋

而你再也不用苦恼

早餐吃什么了

自鲁迅以来所建立的人文启蒙精神

　　李不嫁这首诗选自名为《父辈的刀》5 首之一，除了这首《老舍》，他还写了《林昭》与《张志新》。回头看来，在文明的进程中新诗曾经是火把，照亮了黑暗以及黑暗中的泪水。现在，像李不嫁这样新归来的诗人，儿孙辈的诗人如何抒写我们的父辈，父辈的死变成了"通红的木炭"，与物质主义的时代相遇，同样激起了现代诗不同以往的审美效果，火热的意象恢复了历史的诗意温度。

　　诗人写出了老舍之死在新诗的现代性中应有的美感。李不嫁原名李杰波，20 世纪 80 年代的大学生诗人，彭燕郊先生生前所在的湘潭大学的学生。他保持了自 20 世纪 80 年代以来的浪漫主义抒情个性，他的诗有浓郁的个人伤感气质，注重诗的氛围营造，对美有着固执的向往。

　　哪怕他写老舍之死，也不忘对美的描述，在这里虽是悲剧之美。文人的非正常死亡往往被后人诗化了，但我从李不嫁的诗里分明感受到了一种新人文精神——被我们淡忘了的人文启蒙精神，那是自鲁迅先生以来所建立的人文启蒙精神，新诗的现代性最不应丢弃的人文精神。

老 舍

李不嫁

你试过吗？把一截通红的木炭
或一节藕煤投进水中
水会迅速翻滚、蒸腾，发出那种
被一块破布塞住嘴时
堵在喉咙里的喊叫

这是水火不容所诞生的奇迹
浑身火焰的老舍
就这样将自己熄灭
在那个冬天，因水温突然升高
太平湖畔的杨柳也提前抽出了新芽

诗硬骨

谁不下跪，谁就是失去真理的人。

读樊子的诗，我仿佛看到一个膝盖上带血的人，喉咙里发出马蹄声响的人，从黑暗里走向真理的人。

樊子趋向光，但他背后有深深的黑暗。生于 1967 年的诗人，必有对黑暗最后的感知能力，之后的人肯怕难得有关于黑暗的敏锐认识了。我说的是一个诗人的血性本色，樊子的写作带有这个时代日渐消亡了的受难意识。

迷恋日常叙事的诗人多于有反省精神的诗人，没有历史感的诗人觉得比有历史感的诗人高级，这其实是诗歌美学的堕落。这 20 年来批判精神的丧失，导致诗人集体性萎缩。而读樊子，我看见雄性荷尔蒙在膨胀，向着甜腻腻的诗坛喷出了一泡血。

遗忘了诗歌的血性是几代诗人成功变"坏"的原因。当然，樊子并不完全是诗歌的好人，他也有失身的时候，在这个甜腻腻写作的时代，他与大家一样常有失身。

一个人保持"诗硬骨"（我父亲的遗训）当然很难，像朵渔那样思考与写作的人，他的精神状态是孤独的，虽然朵渔获得了承认，并不孤立。樊子的《膝盖上有血》是一个诗人独立意识建立的标志。"朵渔太硬了"这是谷禾给我说的，我反而觉得他是这个时代最柔软的诗人，因为他的情感与他的血性。同样，我看出了樊子身上少有的觉醒，少有的对于幽暗的突破。

《膝盖上有血》无疑是确立他的硬汉形象之作，他下跪，这意味着六○后诗人终于有了清醒的机会，他的诗正是膝盖里渗透出的血。他对黑夜的感受与我相像，我渴望漆黑的夜，在灯光强行将我炽烤的这些年里，我渴望温柔的属于我个人的黑夜。樊子有在月光下变得漆黑的感受，他关于光与黑暗的写作是有价值的，他得出"膝盖上的血是漆黑的"的结论，让我愿意与这个人作深入的对话。

妥帖如母亲的手，抚摸一个个汉字。

樊子的诗从全诗长短到句子长短、句式错落自由，均可见他的写作进入了自我坚实的结构。用一个词叫"老道"。

《膝盖上有血》揭示了黑暗的本质，创造出了属于樊子个人的光与黑的互动式写作。"父母"因为与个体命运的血缘关系，从而让全诗有了生命的质感，血的黑是樊子的过人之处，不必费心找他写作的毛病，现在我们面对的是一个诗大过了毛病的诗人，他的思考让诗有了新重量，有重量的诗如今不多了，只存在于少数拒绝遗忘的诗人这里。

樊子创造了一种"微妙的激进的美学锋芒"，不仅体现在词语与意象，更在于他的精神气质与雄性勃发的启蒙意识。

六○后诗人扎在文本里自顾自写作的不多了，樊子算一个，我不知他这些年在干嘛，他的诗我见的并不多，但微信时代他是一个活跃的诗人，常见他在微信群上出没，讨论起诗来也生猛有见地。他的自信源于他的文本，一个人写了这么多年，要么炉火纯青，要么一塌糊涂，樊子渐入佳境，属于前者。

他的写作有强烈的问题意识、硬汉柔情、批判精神与启蒙色彩，敢写，并且下手够狠的。

如果要说他的毛病，"激进的美学锋芒"还不够，如果有更深入的"自宫"行为，或把带着杀气的写作放大，樊子将是一位更有重量的诗人。

膝盖上有血

樊　子

大地上总有一些事物在由绿变红，由红变得漆黑
没有一种事物能够逃脱漆黑的颜色
山峦的黛绿也是河流的，河流的橙黄也是平原的
平原的紫蓝也是阳光的，阳光铁红也是月光的
月光用银白色照着我
我变得漆黑
我用手摸过自己的膝盖，生硬、迟疑，我一跪苍天有什么用
我膝盖上有血，苍天苍茫
二跪大地有什么用，我膝盖上有血，大地苍茫
三跪什么，跪父母，他们膝盖上有血
他们膝盖上的血是漆黑的

变异的技术文明"蛇毒"

异质的诗即那些与当下流行的写作没有关系的诗，除了我们熟知的诗化生活，在个体抒情或现实批判之外，还试图去建构写作者独立的美学观，并且发现人类的基本问题。莫笑愚即属于这样的写作者。

以《克里奥佩特拉的蛇》命名的是一组诗，我选取其中较短的一首。克里奥佩特拉是希腊语，是一个起源于希腊语的女性名字，意为"父亲的荣耀"。据说埃及艳后克里奥佩特拉七世是用一种毒蛇自杀的。

莫笑愚自己阐释《克里奥佩特拉的蛇》组诗："是从一个侧面反映其一以贯之的对时间与命运、生命与死亡、存在与虚无、技术进步和技术暴力对人类文明和人类自身可能产生的巨大负面影响的思考"，并且认为自己"是一个悲观的人，对人类与生俱来的原罪（originalsins）极其贪婪（greedy）和自私（selfishness）的本性以及由此带来的纵贯人类历史的文明冲突、文明和宗教之间的碰撞、征战和讨伐既感到悲哀又感觉无能为力"。

莫笑愚提出了一个严肃的命题，技术文明与诗意盎然的人类心灵之间正在发生一场搏斗，这首诗写的就是这场搏斗。"像打开一枚风信子开花的细胞／你打开一粒种子的秘密"，"开花的细胞"是人类的技术文明之花，对应于"克里奥佩特拉的蛇毒"。机器人时代已经到来，莫笑愚以冷客观的手法描述了技术文明异化人类的过程："像切开头颅

187

和躯体／你切割一条基因"。我赞同她的观点："人类的贪婪永无止境，通过技术手段实现的物质繁荣和生活享受以及由此带来的满足感与日俱增，然而，人类由此变得更幸福了吗？这是一个仁者见仁智者见智的问题。拜金主义的盛行和物欲至上的生活准则使得技术对人类文明本身可能带来的负面影响也许会日益显著，我甚至担忧，人类文明的最终毁灭会早于人类文明的终极大同而到来，而历史有可能终结于不受道德和理性约束的技术之手。对此，我们必须保持高度警惕。"

九叶诗派的老诗人郑敏先生认为我们的现代诗没有了哲学，她的忧虑是有道理的。莫笑愚的诗里有哲学，意象比喻与结构体系都是建立在诗化哲学的基础上。可以看出她的写作跳过了改革开放以来三十多年的诗歌范式，而与20世纪30年代西南联大外文系冯至、郑敏那一波中国最早的现代主义诗歌相承接。她显然受里尔克、奥登、艾略特与穆旦、郑敏、卞之琳等人的影响，将现代主义前置到最初的样子。

一个人有什么样的思想背景必定写什么样的诗，莫笑愚是农业经济学博士，从事中美贸易工作。《克里奥佩特拉的蛇》对工业技术文明的"毒蛇"的警惕，让人想到中国人传统生活里"农夫与蛇"的故事。拥抱与拒绝，索取与报复，构成了文明变异的二律背反。

克里奥佩特拉的蛇

莫笑愚

像打开一枚风信子开花的细胞
你打开一粒种子的秘密

像切开头颅和躯体

你切割一条基因

一块秋天的麦田里

你收获了克里奥佩特拉的蛇毒

母亲的样子

韩东不紧不慢，依然保持了与生活平行的写作姿态，他不断把过去的作品翻出来重新修订，在他的博客上能读出一个人的诗歌文本史。或许年纪大了，近年来他的一些诗与生命、死亡有关，《母亲的样子》是一个诗人儿子的爱，他的细微、深入与平静，形成了第三代诗与语言及生活的经典美学传统。这首诗读得我心惊胆战，韩东的文本狠在不动声色的进入，他对待诗的态度不是一个谜，但也接近谜。

母亲的样子

韩　东

我记得的是她中年以后的样子，
笑着的样子，很有福气的样子。
年轻时的神气秀丽在相册中，
垂亡者的衰容在病床前。

那不是我父亲爱恋过的肌肤，
也不是她自己爱恋过的肌肤，

死亡将其收藏在郊外的墓地，
以青草白石取而代之。

有一次在病中我摸到了她的肚子，
隔着纸一样的皮我就抓住了一颗心
(还有其他乱七八糟的内脏)！
那是一颗仍然爱着我父亲的心，
仍然爱着我和她自己，
在儿子无畏的手掌下跳动。

我只记得她中年以后的样子
和那颗颤抖不已的心。

诗人要有"猛禽杀"之心

　　杨罡近年的写作我较为熟悉，他每当写出一首诗就会发给我看。我会及时表达我的意见，好或不好我们无所不谈，我的意见他听得进，他不固执。有时他把一首诗改了多遍，但我固执地认为最初那一稿最好，我会说出我的理由，好在哪里，他改掉的是一首诗最能打动我的写法，而变成了一首在我眼里没有特点的坏诗。他本来很兴奋，被我泼了一通冷水后，也不沮丧，我也有耐心，我说服他改回原诗。这首《猛禽杀》就被他差点改掉了我欣赏的写法，这次他要出版诗集，我看还是保持了原样。

　　《猛禽杀》第一眼就抓住了我。杨罡处理情感、语言与叙述的手法在这里得到了充分的体现。他的叙述直接，不绕弯，第一句上来就是："我恨不得亲手杀死它"。没有任何铺垫，正是由于他的直接，全诗一开始就有了凶狠的效果。

　　杨罡这首诗无疑为现代诗写作提供了一个样本，如何让诗直接进入诗的核心，而不在诗的边缘打转，直接有效地进入，不让诗停顿，他做到了。"那只可恶的黑色的猛禽／它不停啄食我的妹妹"，很快他就给出了诗的基本事实。这就是全部真相，杨罡没有陷入对真相的阐述上，而是抛开诗之外的逻辑去创造属于诗本身的那一部分——诗的想象在杨罡的写作里上升到了现实之外的高度。

猛禽与妹妹是诗的两个对立主体，而"我"是谁？"我"是在诗的开始与最后强调的"我恨不得亲手杀死它"的那个人。猛禽是"邪恶的黑色的"，这是诗人的叙述策略，给出一个喻体，然后不再回避喻体的本来面目，它是"邪恶的黑色的"猛禽，它的"破窗而入"撕开了妹妹的善，"啄食"的动作反复出现，增加了善与恶的对比。

善与恶的对立，诗的叙述在一个基本的事实里进行，善恶的厮打却不混乱，杨罡有条理地讲述，让读者明白了诗的现实。他制造了一个巨大的隐喻，这首诗之所以写得惊心动魄，是因为杨罡抓住了损害与被损害之间的冲突，当损害到一定的程度，损害变得更加凶猛。

杨罡的写作一直在口语的快感中狂欢，这首诗却是在损害中达到了痛苦的狂欢。"当她悔恨的时候它啄她的心就更为猛烈"，损害才是诗的真相。而善良、幸福与爱已经麻木，或者沉溺于被损害的快感。

"我"目睹这场损害与被损害的游戏，"我恨不得亲手杀死它"是作为哥哥的真实意愿。第一人称的口气写下的作品，并不一定就是生活的事实。杨罡显然将诗从生活中拯救出来，高于生活不是什么技巧，诗的高度取决于诗人内心的情感有多炽烈。

从这首诗可以看出诗人心灵的角斗场有多大，诗的内部空间就有多大。杨罡营造了现代诗紧张的气氛，"它来去无踪它来的时候总是破窗而入在北方之北，每一回／我都能听到／玻璃被瞬间击碎的尖叫从赣西北，远远传来／然后我看到我的妹妹／蹲在她的小屋里大声哭泣"。我们沉浸在诗的紧张气氛的扩张之中时，会以为他所写的是真实的生活，其实诗就是诗，诗与生活可以是两码事，只是这首诗在虚构中获得了真实的效果，让人误以为杨罡在写一段痛苦的故事，差点忘记了他虚构的细节，这正是诗人将虚构营造出真实氛围的策略。

读完全诗，我们不仅要追问："猛禽"到底是什么？而妹妹又是谁？杨罡把形而上的写作引向何方？

对美的破坏，对善的侵害，对生活的占有，这样的遭遇我们常常面对，却无能为力，"我恨不得亲手杀死它"也只能是对恶的回应。站在恐怖主义向人类发出挑战的时代来理解这首诗，或许我们能读出更多真实的痛苦，诗中妹妹"鲜血直流的颤抖的双手"与她"掩面哭泣"的场景无不令人动容。

但杨罡不是一个煽情的诗人，或者他把自己的本来面目隐藏了起来，他坚持以一种冷却的手法处理炽烈的情感，坚持以客观的叙述表达爱恨。正是这样客观的写作方式让这首诗达到了情感冲突与压抑的巅峰。

杨罡的虚构又建立在真实的基础上，"如今，那颗善良的心／早已分不清何为善良，何为邪恶／何为幸福，何为希望／它甚至感觉不到痛／也感觉不到爱"。这样的表述如果在别处会显得轻浅，而在此处则有了沉重与无奈，让我们看到了被损害后的善，善永远在善应有的地方，"它只能偶尔感觉到悔恨"，而恶也在恶应有的地方，"当她悔恨的时候／它啄她的心就更为猛烈"。

杨罡难道藏有诗的秘密？他第一次发这首诗给我时是征求修改意见，他改了几稿均被我否了，我相信他的第一稿是最好的。

"猛禽"是邪恶的力量，是黑暗的象征，而妹妹是美好与善良，是我们人类共同的妹妹。形而上的写作包含了道德、正义与良知，更是人性深处对美与善的保护，对邪恶与黑暗的咬牙切齿。我们见多了这样宏大的人类主题式写作，但杨罡的这首诗写出了与众不同的效果。

杨罡并不是一个持续写作的诗人，他应该有多年不写或离开诗歌现场很久了，他与我联系上后，才有一定的创作量。一个人如果离开诗歌现场太久，要想尽快恢复对诗歌的敏锐感觉并不是一件容易的事，如果丧失掉了诗歌的敏锐感觉，要找回来很难。

在我的印象里杨罡的写作并没有多大困难，他对诗歌的敏锐感觉一直在，并且还很强劲。这主要体现在他与语言的顺畅关系上，他不是一个为难自己的诗人，他的诗歌态度在有话要写的层面，这是一个把脑子里所想付诸诗歌写作的人，不绕弯，直接写下他想写的诗歌，他把诗歌变成舒服的或者与生活平等的表达。不像有些人把写诗这件事弄得神乎其神，陷在其中不能自拔，小到让自己变得痛苦不堪，大到丢了性命。

而杨罡的写作在我看来是生命里自然溢出来的一种状态，包括我特别欣赏的《猛禽杀》都是自然溢出来的作品，与他这个人的写作状态是贴身的，是一体的。不把自我的敏锐感觉与诗歌分离，而是紧紧贴在一起，是一个好诗人的写作习惯，或者说是一个人能否成为好诗人的前提。不为难自己或许是外在的，但杨罡本质上关注的是个体的真实感受与他内在的生命经验。

我很欣赏一个诗人常怀"猛禽杀"之心，保持对生活的怀疑、消解与批判的态度，但杨罡毕竟属于他自己，任何评论都只能佐证他在某一阶段的写作。

杨罡还会写出什么好玩与有趣的作品？或者他还会拿出更猛的"猛禽杀"？对于他这样把写作与自我贴身的人，都有可能。

猛禽杀

杨　罡

我恨不得亲手杀死它
那只可恶的黑色的猛禽
它不停啄食我的妹妹

它来去无踪
它来的时候
总是破窗而入
在北方之北，每一回
我都能听到
玻璃被瞬间击碎的尖叫
从赣西北，远远传来
然后我看到我的妹妹
蹲在她的小屋里
大声哭泣
那双在春天种下玫瑰的手
鲜血直流
她以鲜血直流的颤抖的双手
掩面哭泣
她手上的血，一滴到地上
就变为花瓣

那只黑色的猛禽

来了又去，去了又来

它总是时不时地

啄食妹妹那张秀美的脸

并留下暗红的疤痕

啄食她那双清澈的眼眸

现在，那里已空洞无光

它还啄食她那颗善良的心

如今，那颗善良的心

早已分不清

何为善良，何为邪恶

何为幸福，何为希望

它甚至感觉不到痛

也感觉不到爱

它只能偶尔感觉到悔恨

当她悔恨的时候

它啄她的心就更为猛烈

它不停啄食我的妹妹

那只邪恶的黑色的猛禽

我恨不得亲手杀死它

抒情诗的声效美学

　　杨政是一个消失了的诗人，现在他又回来了，从微信中潜回到诗歌现场。在少数以当年大学生诗人为"玩伴"的微信群中，他的诗的出现让我激动了一阵，当然每次读他的新作，我还是惊讶。他的"守旧"对于当下诗歌写作反而是"全新"的，他一直固守他个人的审美原则，以词语为轴心，以节奏为动力，以自我为助推器，以声音为润滑剂，驱赶着他诗歌的马车奔跑在一条寂寞的美学林荫道上。

　　原以为杨政大我很多，其实他与我同年，1968 年生人，系 20 世纪 80 年代大学生诗歌的代表人物，当年川大诗社社长。这一批人大多身怀绝技，但更多人被自我所毁。偶然发现他的诗，便想约他的诗评荐。在杨炼的长诗颁奖会上碰到他，他果然自信，对当下诗歌写作有不同的看法。随后他发我一组诗，从 20 世纪 80 年代末至今 30 余首，有不到 20 岁时写的作品《给阿水的诗》。1988 年他 20 岁后从《小木偶》开始形成自己歌谣体、童稚、通灵的风格，一直延续到 1992 年，这批作品也是钟鸣与张枣等格外喜欢的。1992 年之后杨政下海经商，直到 2000 年到京开始恢复写作，作品风格有较大变化，也比较多样，他很讲究自己独特的语言风格。他跟我讲："诗歌之于我，是思想的形而上提炼，语言的绝境冒险，以及与宇宙律动的神秘契合。这些诗我有意将它们的时间打乱，混在一起给你，觉得这样你看起来比较有意思，也更加会注重文本本身。"是的，诗的文本战胜了时间，让一个差点被人遗忘了的诗人又焕发出创作的生机。是诗歌不屈的美学擦亮了蒙尘的双眼，让我们读到了他充满创造性的诗歌意象——充满无限可能性的现代诗。

我单单从中拎出一首《午夜的乒乓球》，这是他近期的作品，他将情绪发挥到极致，并且将不断出现的经典意象层层控制在他的情绪之中。这样的抒情诗人并不少，出色者也有，像张枣，前期的柏桦，部分的海子与臧棣。但杨政是完整的，在一个自我的感觉里构筑起他一意孤行的抒情之美。此诗只是通过一个小情绪入手，在一只乒乓球的击打中完成对时间、自我与世界的追问。像一出独幕剧，他出现在诗的舞台发出午夜的独白，声音在词语中穿行，神秘感隐隐袭来，这种神秘是杨政作品无所不在的美，是他的诗的核心魅力，散发出他杨政个人的诗学气息。他的诗让我想反复再读，是他的诗独有的声效吸引了我？还是久违了的中国诗歌可贵的抒情传统？

午夜的乒乓球

杨　政

钟鸣后，我出现，龋齿般清脆
叮咚着弦外之音，暗夜之门敞开

道路即命运，寂静鼠须般惊惕
星河倒悬，嘿，时空那浩大迷宫！

抿着乌云的巧克力，信手击出
乒乓，乒乓！自外于我的声音

像执拗的牙髓病，痛才是本质
挂在时间上，各种对立统一的肉

往者不可追，哎，何必步步紧逼
我总慢上一步，好吞我失血的命

乒乓，乒乓！多么绚烂的多样性
可沉默的辩证法说：是，总是非

梦一路落荒，踯立在别的梦里滴汗
痛吗，梦中人，为何连痛也不痛？

我还活着吗，我可不算厌世者
大地啊，我是大地唯一的悲秋者！

乒乓，乒乓！谁是执着的击球手
暗夜煽它的小情绪，未来的火灾

还在桃花源，小心酝酿更稠的糖心
鹰眼下，蹁跹着丰腴的大地歌

乒乓，乒乓！又肥胖又纯洁的旋转

越沉重就越充盈，这不伦的眩晕！

憋着矛盾律，我从没多长一片肉，
加速度，令我在酸甜苦辣里失重

乒乓，乒乓！别喂我吃虚无的伴奏
去！宁可死，别让我一路呕吐

诗的音乐结构

秋天到了一阵子，我想选一首秋天的诗来品读，选来选去还是选了这首诗。原因是很多诗把秋天写得太过于有意义了，而选这首是觉得它写出了无意义的美，或者说是挣脱了意义之后的美，包括语言的美。

诗的语言在这首诗里却是绕来绕去的，但读起来很有意思。呆板语言一定会失去思维的活力，这首诗的语言活蹦乱跳，是一个中国诗人在西方诗歌经验之上的创造性写作结果。

读此诗，让我想起英格玛·伯格曼的影片《秋天奏鸣曲》中的音乐结构，在此转化为诗的音乐结构了。

也可以说巴洛克赋格曲在中国诗人这里有了具体文本的回应。诗的音乐节奏这事不好谈，在当代诗里似乎没有了，这首是个例外。

不同于保罗·策兰，中国诗人的经验中此时没有了死亡，"死神是一个主人来自德意志"在这里不可能了，相反，却是欢乐，是秋虫，是天狼星，是拖拉机，是杨树，是散发汗味的马匹，是练习倒立的少女，是酒神，密集的意象以狂奔之势集合在欢乐的赋格曲，诗人的手飞快弹奏，秋天的乐池在树巅轰鸣。

"天狼星撕扯你的长发嗷嗷叫"——奇异的诗句，无穷的意义并不需要过多解读了。此诗可视为瞬间出现的不同的诗歌美学建构类型。

秋天赋格曲

李成恩

天狼星撕扯你的长发嗷嗷叫你亲爱的
倒立的秋虫嗷嗷叫亲爱的已经沉沉入睡
我走到北京郊外，看见羞涩的火焰冲天亲爱的
已经沉沉入睡。倒立的杨树
半夜出没的拖拉机，车上摇头晃脑的白猪
像一车秋天的梦游者嗷嗷叫你亲爱的

天狼星撕扯你的长发嗷嗷叫你亲爱的
倒立的秋虫嗷嗷叫亲爱的已经沉沉入睡
穿睡衣的少女学习杨树倒立
练习催眠术的少女向秋天发怒
散发汗味的马匹踢断了主人的肋骨
因为他迷恋上了嗷嗷叫你亲爱的

天狼星撕扯你的长发嗷嗷叫你亲爱的
倒立的秋虫嗷嗷叫亲爱的已经沉沉入睡
打翻后半夜梦的汁液，秋天泄露了
他出逃的阴谋。一队人马从西边来
他们要拘捕懒汉与乱窜的蛇虫
因为他们害怕秋天的美嗷嗷叫你亲爱的

天狼星撕扯你的长发嗷嗷叫你亲爱的

倒立的秋虫嗷嗷叫亲爱的巳经沉沉入睡

我却醒了，昨晚我喝了足够的酒

酒神告诉我你必须醉倒像倒立的秋虫

穿蓑衣的古人携穿吊带装的夫人

他们乱了方寸，月亮高悬嗷嗷叫你亲爱的

"现实、象征与玄学的综合"的"深度抒情"

　　谁在反抒情主义？梁实秋，当年他接受了白璧德的新人文主义之后开了反抒情主义的先河，但后来冯至或某种程度的梁宗岱把"经验"融入了"抒情的艺术"，还有袁可嘉确立的"现实、象征与玄学的综合"的现代诗写作方案——这便是"深度抒情"的现代诗模式。

　　读梦天岚这首《屋顶上的藤萝》让我想到了抒情主义在中国的命运。其实梁实秋强调节制与理性的古典主义的诉求，在梦天岚的诗里也有，但更多的是"现实、象征与玄学的综合"，所以，我看历史总归要让文本来证明，一个诗学问题要通过近百年时间来实践。

　　"风的怒发和它砖头一样暗红的脸／在夜的黑暗中归于梦境"，梦天岚是"现实、象征与玄学的综合"高手，他的诗中有理尔克式的"诗是经验"的体现，更有"深度抒情"的高度。这并不是一首纯粹的抒情诗，他的象征与现实的综合达到了统一。

　　当他最后写到"我们共同的命运莫过如此"，这种句式通向光明，坦诚而忧伤，现代人面临困境的诉求："那向着天空的赤焰和歌喉"——黄金般坚硬的诗句，把诗人引向"在各自的小路上／似乎都走到了尽头"。梦天岚有着明朗的诗歌抒情个性，略为忧郁的气质加深了他的诗的思想重量。他的诗总体上十分考究，诗的逻辑结构牢固，抒情肌理坚实，不轻易发出疑问，也不随意伸出多余的枝叶。这是一个诗人在写作时严谨与诚实态度的体现。

屋顶上的藤萝

梦天岚

风的怒发和它砖头一样暗红的脸
在夜的黑暗中归于梦境

不堪仰首　那星月的英灵
如同消散的云烟见证着
摇晃的大地

令人晕眩的意志之根
在另一种黑暗里
寻找那不属于它的
晨光和露水

我们共同的命运莫过如此
那向着天空的赤焰和歌喉
在各自的小路上
似乎都走到了尽头

死亡如鲜花，鲜花复活死亡

　　死亡的复杂性难以说清，禅宗说过很多生死的道理，而诗人总是在寻求表达生死的难度，周伟文的这首《被花救活的人》让死亡鲜活了起来。

　　对待死亡的态度决定了我们生存的态度，"一个人死了"——诗的叙述开始了，我感觉到诗的到来有了一种气氛，冷静的诗往往比热烈的诗更难写，隐喻的诗比外在的诗难写。

　　鲜花涌向死者，这是生者对死者的爱，但死者并不会因此获得生命。但经历过死亡事件的诗人在写作时其创作心境大不相同，尤其是在亲人逝去后的写作，要压抑情感的爆发，要去掉具体的思念与伤怀过程，而只留下对生与死的思考，只留下死亡事件之外的诗，就相当不容易了。因为我刚经历了父亲的仙逝，我无法做到超越死亡去写事件之外的诗。

　　鲜花救活死亡——这是周伟文发现的诗，诗从死亡里找到生命，诗的了不起并不在于如何描述死的悲伤，而在于获得了生的安慰。不论是对于死者还是生者，诗在此时并不重要，重要的是透过假的鲜花与真的鲜花——"远远看去"死亡被鲜花救活的场景，这样的幻觉我并没找到，但我还是宁愿相信诗的表达。

　　生死可以相通，我从周伟文的诗里获得了巨大的安慰。虽然诗呈现的只是想象而不是事实，但诗真实的存在意外地复活了死亡。

被花救活的人

周伟文

一个人死了
静静地躺在那儿
无数的花涌向他
纸的，塑料的，鲜艳的

一个人死了
静静地躺在花丛中
远远看去
脸色红润
仿佛
已被那些花救活

诗歌语言的宿命

草树刚刚推出了一本诗集《长寿碑》，这本书整体上手感厚实，却加强了我对他外表木讷而内在敏锐的印象。他的诗注重语言的深度，他在从事一项有难度的写作。语言当然是可伸可缩的容器，但并不是什么都可以往里装的，草树探索了诗歌在语言及物状态下的"被踩踏的宿命"，他的诗在语言"被踩踏"之后再次"反弹"向你。

《物有其名》是他写下的能够不断"反弹"向我的短诗之一。因为没有可能在此谈他的长诗《长寿碑》，那首长诗最大的贡献在于"结构"。同样，这首《物有其名》也有内在牢固的"结构"。

他开门见山地道出他诗的观念："物有其名"，给了下面不断要"反弹"的一个强大的墙体，"陌生是因我无知"，他设了诗的结构的第一个"结"，后面他要层层剥离"物有其名"的墙体。但不急，草树性格沉稳，诗体砌得牢固是他一贯的作风。第二句他再次设立障碍："名有歧义。不可轻率推门登堂入室。"诗的障碍也是诗的墙体，这样的墙体砌得越牢固，下面的"破墙"与"穿墙"以及"登堂入室"就会越有意思。

他接着给出了一句"一切亲切的情感以名字熟稔于心为前提"，我觉得好戏来了，这是高手开始起手抬腿了，"仇人名字刺眼，给了你伤害，／也似满月之弓给了箭能量。""命名"之艰难，但又似"满月之弓"，诗的劲道在一张一弛中。好诗并不在于艰涩，而在于内在的流畅与给读者的启示力，我叫其"反弹"。

草树接着像一个戏剧导演，他充分相信了诗的"结构"。"当我在公园僻静的角落"，这是一个场景，但更是一个结构的结点，之后他还砌了"无名灌木一个多人深的山林"的结构，分别解构了"无名之美"与"心生恐惧"。这中间几行，我虽没有一行行拿出来细细品读，但他设置诗歌墙体的能力，他细致入微的浓缩语言的能力，相信读者自有体味。

我只是喜欢草树不论是在长巨还是短制里都能把诗的结构与诗的语言融为一体的态度。"掩面哭泣"的中国女子在西班牙，以及"反弹"向的对象"你"，此刻置于"无名灌木一个多人深的山林"，草树在结构的建造上堪称高手。

"面向汹涌的人群大声喊出那个孩子的名字"，这句终于是"破墙而入"，诗墙被打碎了，此前一句"只有大雁记得天空的路径"，诗的空灵中满含"忧伤"。我感受到草树的"物有其名"是一个痛苦的命名的过程，从"你"到"他"——"他脱颖而出"。读完全诗，我有种"破墙而入"的快感，但又有"脱颖而出"的虚脱。

好诗就是语言宿命的容器，像他"面向汹涌的人群大声喊出那个孩子的名字"。

物有其名

草 树

万物有其名。陌生是因我无知。

名有歧义。不可轻率推门登堂入室。

一切亲切的情感以名字熟稔于心为前提。

仇人名字刺眼，给了你伤害，

也似满月之弓给了箭能量。

爱的恒久有多种昵称。当我在公园僻静的角落

被一片紫红细花吸引，不知其名

如何向你描述无名之美？

另一个时间。另一个城市。它再次出现

似曾相识：不是燕子翩然，就是落花流水？

因而纵使被生活欺骗了也不要旁观：

走上前去，像初识世界那样：

"嗨天桥下的流浪人，贵姓？嗨，玻璃雨痕

你是否叫忧伤？"啊半夜，那个中国女子

在西班牙的街巷迷了路，掩面哭泣。啊傍晚

你也在这无名灌木一个多人深的山林心生恐惧。

只有大雁记得天空的路径。

面向汹涌的人群大声喊出那个孩子的名字，

他脱颖而出，或许就此避开楼梯上被踩踏的宿命。

看不见的吸引读者的魔力

张执浩的诗总有一道看不见的吸引读者的魔力，几十年来张执浩保持了一贯的平静与内在，他从不张扬，也不迷恋过多的技巧。他的功夫下在诗的内部，从诗的内部解决诗的语言、技巧与情感，一切都在不动声色中进行，好像他不是在刻意写诗，而是在与人倾吐心中的秘密。这是需要功力的，看不见的诗的魔力是什么呢？就像这首诗最后出现的"一道又一道的闪电"，它们来到诗中，你却不知道闪电何时来，又何时把你带走。

《雨夹雪》是一种生活境遇，更是一种精神境况。张执浩是一位杰出的抒情诗人，但我觉得近年来他诗里的思虑大于纯粹的抒情。他不轻易表露出诗人思想者的姿态，但他对人的追问从没停止。在这首诗表面的轻盈下，实际上有一种沉重的思虑，从"春雷响了三声"到"冷雨下了一夜"，诗人走到窗前看那些慌张的雪片，语气容忍，甚至有点轻描淡写。我隐隐感到诗中有惊雷，但直到最后也没有出现，可见张执浩对诗的控制力。诗人看到了"触地即死"的境遇，他发出"无力改变的悲戚"，诗的思虑即精神的困境呈现在读者面前。在一个孤寂的时代，人与人之间的陌生感需要一道又一道闪电来照亮，"才能看清彼此的处境"，这样的时刻我们每一个人都遇到过，但无力表达，诗的出现充当了现实的闪电。张式诗歌魔力，引领了黑夜里的诗歌亮光，我感到读诗就是读心。

雨夹雪

张执浩

春雷响了三声
冷雨下了一夜
好几次我走到窗前看那些
慌张的雪片
以为它们是世上最无足轻重的人
那样飘过，斜着身体
触地即死
它们也有改变现实的愿望，也有
无力改变的悲戚
如同你我认识这么久了
仍然需要一道又一道闪电
才能看清彼此的处境

诗歌的清洁精神

　　《万有》静默如迷，李建春是一位在"万有"中建造他一个人的"诗歌春天"的人。他的写作让我想到辛波斯卡式的严谨，面色温暖如春，心里却有万物生长，当他说出"万有这么轻"时，我被他恩及万物的内在情怀所打动。我一直在思考他的写作是如何在及物中达到手术刀般的精确与细腻。这首短诗或许泄露了他写作的"迷语"，"他将万有植入皮肤"，"植入"是可以触摸的，"一粒小血球，疯癫的，撞在避雷针上"。"万物"变得有形，并且"撞在避雷针上"，第二段"万有在泪水，雨水，垃圾的变幻中"进一步获得了"爱"，情感在李建春的诗里从来都是高贵的，但又是神秘而丰富的。在诗里他者如一场物理力学在引导着读者深入，我们知道万有引力是由于物体具有质量而在物体之间产生的一种相互作用。"他每天听巴赫的天使敲击妻子的云发——"，"他"是谁？"他将一支后朋克乐队塞入笔套内"，一个书写者，一个掌握"万有"的他，越过层层意象的机关，他"像神奇的空气"无处不在，他就是"万有"，是"一滴墨"。这是一首有难度的诗，可以看出李建春这位有诗歌清洁精神的诗人，是如何在汉语意象内部挖掘审美的"锋刃"，如何进行有难度的汉语诗歌探索。

万　有

李建春

万有这么轻。他将万有植入皮肤。
一粒小血球，疯癫的，撞在避雷针上。

万有在泪水，雨水，垃圾的变幻中
粗糙如沙，天气的锅铲扬起的。他每天听
巴赫的天使敲击妻子的云发——爱，
在金属的体内激荡，像神奇的
空气，车库的沉默，像钻头没入地心。

他将一支后朋克乐队塞入笔套内。他书写
万有的冰——影子加重，社会新闻版忽如锋刃，
万有掉下一滴墨。

大宇宙里藏着诗的小世界

　　路云无疑是一位有独特感受的诗人,《采声者》的小世界里藏着一个大世界，他创造的"采声者"的形象并不难理解，在明快的叙述中体现了他的有趣与智慧，但这一切均是假象，他呈现事物本质的兴趣超过了一切审美。不要以为停留在审美上的诗才是好诗，也不要以为"诗本质上是比喻性的语言"（哈罗德·布鲁姆语）就不能是除了象征之外的寓言。寓言即真实的自然，他首先给出一个奇异的群蜂舞动的场景，而他的口异之处在于迎着明亮的光线展开他寻找的翅膀，他在寻找什么呢？"采声者"在自然界行走，与雨滴相遇，与风声交谈，这个过程发生了一系列的小事件，采集风粉，雨滴急急呼呼，拥挤向"忙得团团转"的"我"。诗人完成了他倾听宇宙之声，把诗引向宇宙、引向自然的天堂的过程。我相信诗人生长着一双收集光的耳朵，我也相信，诗是他的旅馆，而他就是一滴水。在这里路云揭示出了大宇宙里藏着诗的小世界，一滴水，一缕光，奔向诗的耳朵，在耳背上产卵。诗人的耳朵安顿那么多雨滴，微妙的感受被一缕光照亮，诗在诗人的小世界里飞向了大宇宙，诗人以自然之翅飞翔。诗中有风声起，有雨滴落下，有神奇之光，仿佛只是采集了一段自然之声，就获得了人类心灵的安稳。

采声者

路　云

今夜雨滴是一群挨骂的蜜蜂，她们采集风粉，

风不是一朵一朵的花，更不是一遍遍的园地。

今夜雨滴急急呼呼，在我的耳背停下。

这个菌状地带，没有亲人，没有惊痛，

只有一滴水，成为采声者的旅馆。

众多雨点挤进来，我忙得团团转，幸好有耳朵

可以装下一切。一切并不能说明风是一个可以放弃的

念头。如果这个耳朵不属于我，是一片瓦，是那片

堂屋顶上的亮瓦。她会不理风，放走不信邪的光。

光在我的耳背上产卵，像鸟一样衔来枯枝，

成为我的同类和伙伴。光和风，

我理解多少，就能走出多远。是光在松涛上，

拿出手电筒，找到风，找到我的耳朵，安顿好那么多

雨滴。

背负思想重量近在眼前之诗

　　早晨6点，我看到诗人柏桦在微博上说："与其说'技巧是对一个诗人真诚的考验'，不如说技巧是对一个诗人道德的考验。再说白了：技术差的诗人，都是道德败坏的人。"他说得在不在理、对不对，我没有多想，我只是觉得他说得有趣，说得直白。柏桦还接着发了一条微博："优秀的外科医生不能带着情感去做手术，同理，好诗人不能带着情感去写诗。"

　　此刻臧棣可能还在睡觉，反正他给出过《你所能想到的全部理都是对的丛书》。今年来，臧棣似乎每天在微博上发诗一首，并且是每天现写现发，我与广子、谭克修、赵卡、吕叶、李荣诸友每天都跟帖评诗，互动得热火朝天，引得粉丝们小小地狂欢。这首诗就是我从臧棣的微博上要来的，他一发出，我眼前一亮，即刻发私信让他将电子文档发给我，我要在《特区文学》网络诗歌抽样中再谈一谈它。

　　微博上的诗人更能见出创作的即时性与手头功夫，打磨修改也是在与读者的互动下完成。这首诗虽然没有臧棣那首写芦山地震的诗《雅安，一个巨大的倾听》在微博上引起更多的围观，但在我看来也是"神来之作"。臧棣近年的写作如有神助，他总是在不经意中抓住了读者的心，引领你进入一个奇妙的诗与思的空间。这首诗讲究结构的内在逻辑，以口语化的随意一路写下来，把"你所能想到的全部理都是对"的关系，以"算一个"的方式打散又揉拢，对世界的质疑与解释，以后退与妥协的句式完成了诗的层层递进。这是一首极有思想重量的诗，诗的历史与现实背景近在眼前，让我细细回想起近年他的作品越来越背负思想的重量。

柏桦所讲的"技巧"或者"技术"，应属于一个诗人的基本功。对于臧棣这样成熟的诗人显然不在话下。接柏桦的话，那么在我看来面对技术，臧棣是一个经受住了诗歌技巧的"道德考验"的诗人。但他是不是"带着感情去写诗"我就不得而知了，这只有诗人自己知道。

你所能想到的全部理都是对的丛书

臧　棣

没养过猫，算一个。
没养过狗，算一个。

如果你坚持，没养过蚂蚁，算一个。
如果你偏执，没养过鲸鱼，算一个。

但是，多么残酷，我们凭什么要求你
凭什么要求我们应该比世界
更信任你，只能算半个。

全部理由。微妙的对错。
所以，我们的解释不仅是我们的

失败，也是我们的耻辱。

好吧。诗写得好不好，算一个。

此外，我们没见过世界的主人，算一个，
没办法判断身边的魔鬼，算一个。

刚出炉烫伤你的脸部之诗

　　浩波不时在微博上集中发出他的近作，但没有臧棣那样发得勤快，这首即他刚发出时被我要来的，应该还没有在别处发过。我喜欢刚出炉的冒着热气的诗。浩波的诗，总体来看，是这个时代刚出炉的冒着新鲜热气的诗，有现实的痛感，有个人的体温，并且可以烫伤这个时代复杂的脸部。

　　第一遍读这首诗时一下子就打动了我，这是我衡量一首诗好坏的第一条件。浩波是这个时代具有真实感与现场感的诗人，他诗歌的审美价值不亚于一台轰隆隆无所畏惧的推土机，他推翻了旧的诗歌标准，有意无意地建起了一座属于他个人的诗歌金字塔。我集中读他新近出版的诗集《命令我沉默》，能强烈感受到他的诗歌赤子之心。

　　《河蚌》是他的写作态度之诗，他对"他们说"的诗的"语气""情怀""风格"持有天生的反对与不信任。这种态度对于中国现代诗的未来至关重要，因为旧的诗歌道德与审美势力太强大了，也太讨厌了。其实并不遥远，当年徐敬亚先生发出《崛起的诗群》的呐喊时遇到了多大的历史阻力，而现在来自我们自身的惯性与惰性阻止了现代诗的步伐，像大象的腿踩在泥潭里，连响声都像是放屁。

　　浩波的诗集《命令我沉默》第一部分叫作"请让我紧紧地抱你"，我觉得这种姿势很好，直接得很，在一个冷漠的世界面前，我们好久不曾这样表达我们的态度了。

　　浩波诗的可贵在于他说真话，"我写诗 / 像一只河蚌 / 吐出泥沙 / 也可能结出珍珠"，他在"泥沙"与"珍珠"之间做他自己，这就够了。

河　蚌

沈浩波

他们说
诗歌需要某种语气
但我没有沙哑的嗓音

他们说
要建立起自己的风格
但我讨厌风格

他们说
诗人要有情怀
为什么要有？
苹果为什么一定要
结在树上？

我不能给世界下定义
我可以不听音乐

我拒绝为人类哭泣

我希望变成一块石头
我希望石头上长草
我喜欢月圆之夜
也喜欢月亮被狗啃掉

我喜欢爱
但又厌倦它

我相信有灵魂
但不相信有上帝
也不相信释迦牟尼
对我们解释的一切

我不喜欢死亡
但拒绝不了它
我享受活着
因为不得不活着

我把自己想象成任何人
为他们的命运揪心
但有时
又假装没看见

我想象我是一条大鱼

吃进去一些

拉出来一些

我写诗

像一只河蚌

吐出泥沙

也可能结出珍珠

喜不自禁，顿悟之境

　　找一首有筋道的好诗，在自媒体如猛虎下山的诗坛其实很难。读到这首《铁匠》，我仿佛变成了黄明祥笔下的"铁匠"，与诗中的人物混淆，想成为那样的人。铁匠是一个正在消失的人，在现代文明的大幕下，铁匠属于笨重的传统手工艺人。我把打铁当作一种艺术，而铁匠的身份因为时代的变化而暧昧，好像他不是这个时代的人。黄明祥写的也是一个与当下有隔离感的人，但他对现代人的灵魂有莫名的召唤，这是我读这首诗的第一感受。

　　黄明祥的介入与抽离在短短八行诗里显示出了奇异的效果。他的诗一贯有厚实的现实感，以及历史的纵深感，词与物交织，人与意象呼应，形成一个自足的诗歌空间。智性的写作往往容易滑入机巧，但黄明祥自《铁匠》这一系列基于生活与历史的短诗越来越坚实与智慧，越来越进入了一个喜不自禁的顿悟之境。这是我读这首诗的第二感受。

　　他对生活的描述平和冲淡："用手指挖过土刨过树皮的，会做锄头；/喜欢望月的，会做镰刀；偷过生产队的米，会做火钳；/有仇家的，会做斧子；冬天没有棉衣的，会做柴刀；/唠叨的，会做菜刀；心细的，会做锅铲……"每一个场景都对应着一个物件，锄头、镰刀、火钳、斧子、柴刀、菜刀、锅铲，这些生活的器物，无不是历史的产物。劳苦、喜悦、饥饿、仇恨、唠叨、心细，都是让人动心的情感，中国人的生存状况浓缩在这些蒙太奇式的电影镜像里。看得出黄明祥在写作时剔除了抒情诗的外衣，只留下了现代诗的筋骨，全是过硬的干货。他选取人物自述的角度切入诗的肌肉，让疼痛在肉里，而写作的快感显而易见。"老铁匠自豪了大半生，说这些时，/ 还在暗暗使劲。""暗暗使劲"不是表达的困难，而是"大半生"的快意。这与我作为一个内心与"铁匠"无异的阐释者有同等的快感，这是我读这首诗的第三感受。

黄明祥是极简主义的写作者，他的诗没有多余的东西，直接与有效是他的作品给出的阅读感受，虽然他曾制造出后现代的意象游戏，也喜欢把历史打扮成嬉皮，从而达到批判与反讽的美学效果，从近期他的短诗可见，他切取俗世生活的片断，抓住情感的七寸，诗歌之蛇被他死死抱在怀里。

"他对到过海边坐过船的人很是羡慕，/ 说要做一把铁锚。"这样的结局出人意料，但在诗歌的故事之中。生活缺了"一把铁锚"，湖湘无大海，大山里的铁匠向往大海，他可以通过做一把铁锚来实现他的愿望。诗意并不突兀，情理之中，打铁之人有这样的想法超过了一般人，如此看来铁匠高于一般人，魏晋人嵇康爱在家中打铁，就是很好的例子。写《铁匠》之人必是爱打铁之人，他可以打出想象不出的物件，包括打出大海。

黄明祥的写作带有明显的问题意识，在中国诗歌较为复杂的问题领域，我们如果对"问题"视而不见，那就显得麻木不仁不讲良心了。从他的诗里我发现了——"当态度变成形式"——一种新的诗歌写作态度与表达方式。

黄明祥的写作有其独立性，他不依从于任何现成的写作标准，当下的写作似乎都自动进入各种"文学标准",热衷于总结各种文学标准的诗人与评论家,好像得道升天,获得了评奖、发表与出版的通行证,但对于文学与艺术来说,"标准"意味着死亡。一旦形成"标准",也就固化了艺术的创造,当代文学一步步陷入了难以挣脱既定"标准"的困境。而黄明祥的写作是在主流价值标准之外的写作,并且自动退出了多年来形成的诗歌标准化写作流程,而创造性地以个体性较为突出的"艺术精神"进行诗歌写作。他不与主体文学领域内的审美势力较量,他的努力方向在于与人类面临困境时从语言到艺术精神的个体性解放,而不是中国诗歌已经深深陷入的"合法性"标准写作,他放弃了获得标准认可的诗歌写作方式。这才是一个真正热爱创造的诗人的态度。如果大家都放弃现实的好处,而选择一条更加切合于诗歌精神的写作之路,在现代—后现代性的废墟上建立起每一个人的语言表达体系,而不是相互因袭,在诗歌内部消费少之又少的诗歌标准资源,从而把诗歌引向语言与形式的祭坛。在此,我看到黄明祥诗歌创作的空间发生了结构性改变,从诗歌内部扩张到艺术外部,将"自身肖像"以诗歌的形式不断确认,最终形成"时代肖像",他的作品开启了人类面临困境时的诗歌精神性向度,以个人性名义写下了时代精神性图式。

铁 匠

黄明祥

"用手指挖过土刨过树皮的,会做锄头;
喜欢望月的,会做镰刀;偷过生产队的米,会做火钳;
有仇家的,会做斧子;冬天没有棉衣的,会做柴刀;

唠叨的，会做菜刀；心细的，会做锅铲……"
老铁匠自豪了大半生，说这些时，
还在暗暗使劲。
他对到过海边坐过船的人很是羡慕，
说要做一把铁锚。

趣味的宫殿

　　从柏桦博客上选出他最近的两首写食物的诗，我带着一种趣味占了上风的读诗心态。柏桦的诗是好玩的，但好玩并不等于无意义。他恢复写诗的这几年在网络上似乎每周有诗出没，这是那一代诗人的奇迹，他似乎不像西川变得那样彻底，他保留了他的口味。第一首写重庆人的喝汤史，从少年适宜牛尾汤而非牛鞭，到中年人立夏喝鸡汤，再到钟情嫩豆腐汤，晚年则只喝老鸭汤，在灯下怀春心，有趣吧！柏桦早期的诗像老年，现在却呈现少年状，一种生长着的奇妙之诗。第二首看似随手记下，柏桦近年的诗在散淡中透出一道亮光，透出隆冬里的"妩媚江山"，透出"饱食闲卧"中看"烂炖春风"的态度。我想柏桦建筑的是他趣味的宫殿，而其中引诗随处可见，蒲宁"在漆黑的暴风雪里"加入"人生之冬"，使诗的"明亮快车"有了历史性画面。他习惯近距离记下生活的皱褶，但他实际上又是数百行地整体梳理历史，单独读来满口生香或生涩。柏桦式的汉语诗歌趣味或许还只是他私有的美学，50 岁的少年还保持羞涩的美德。

重庆的汤 （外一首）

柏　桦

少年时节牛尾汤相宜于重庆而非牛鞭
某中年人家却欢喜在立夏吃一碗鸡汤

有一个青年最爱在解放碑长跑；深冬
他人品寡淡，恨肉，钟情于嫩豆腐汤

而今人人都在冬灯下满怀了一颗春心
重庆，晚年匆匆而平静，只喝老鸭汤

人生之冬

白肉，血肠，大酒，高天与古树
在北方，烂炖春风二月初！

蒲宁刚坐上一辆飞驰的明亮快车
"我多么幸福，在漆黑的暴风雪里。"

南酒烧鸭，妩媚江山，隆冬……
我饱食闲卧，我只想读《云林堂饮食制度集》。

230